忽景流年

南征 ◎ 著

陕西新华出版
太白文艺出版社·西安

图书在版编目（CIP）数据

急景流年 / 南征著. -- 西安：太白文艺出版社，2024.3
ISBN 978-7-5513-2556-1

Ⅰ.①急… Ⅱ.①南… Ⅲ.①诗集－中国－当代②散文集－中国－当代 Ⅳ.①I217.2

中国国家版本馆CIP数据核字（2023）第256809号

急景流年
JIJINGLIUNIAN

作　　者	南　征
责任编辑	张　瑶　刘　琪
封面设计	Adieu
出版发行	太白文艺出版社
经　　销	新华书店
印　　刷	西安新远印务有限公司
开　　本	880mm×1230mm 1/32
字　　数	160千字
印　　张	7
版　　次	2024年3月第1版
印　　次	2024年3月第1次印刷
书　　号	ISBN 978-7-5513-2556-1
定　　价	58.00元

版权所有　翻印必究
如有印装质量问题，可寄出版社印制部调换
联系电话：029-81206800
出版社地址：西安市曲江新区登高路1388号（邮编：710061）
营销中心电话：029-87277748　029-87217872

序言

南征北战

谷培生

作序是名人的事。南征的《急景流年》，本该文化名人袁茂林作序，茂林焚膏继晷，我来寸莛击钟。"急景流年都一瞬，往事前欢，未免萦方寸。"光阴易逝，珍惜朝夕。

急景流年，人生苦短；丈夫行事，南征北战。

南征北战，不是军队的南征北战，是讲南征离开自己的家乡富县北上吴起、安塞打拼的意思。之所以用一个"战"字，不完全是沿用"南征北战"这个词，主要是想体现南征先生北上延、吴、安拼搏三十多年的不凡经历，有马到成功的辉煌，有马失前蹄的黯然；有功成名就的快乐，有功败垂成的懊恼；有东风化雨的素养，有东山再起的势能——南征先生北上做事，怎一个"战"字了得！

南征其人其事

为书作序，要知作者。欲看南征其文其诗，先看南征其人其事。

2022年3月12日，我从西安回到安塞，3月13日到志丹县城看望得病的三姐，3月14日晚到延安，准备在枣园一带安个小窝。3月15日，李树刚记者带我到枣园路君林上苑小区，见到南征先生。之后，在李树刚、南征、董侠、李成东、杜海强、冯虎山等人的大力协助下，我3月15日开门看房，16日签约付款，17日开始装房，5月29日暖房入住。装房期间，我每天在南征办公室喝茶、小憩。因两人共同语言比较多，所以一见如故，相见恨晚，成了朋友。入住新房后，我俩只要都在君林上苑，必然见面，必定共餐。

我与南征先生相识仅一年，也许有人会质疑我对南征先生的认知。路遥可以知马力，日久未必见人心。邹阳《狱中上梁王书》说："语曰：'白头如新，倾盖如故。'何则？知与不知也。"

人之了解，不在交往时长，而在"知与不知也"。我相信，我是"知南"的：一个能干大事的人，一个一波三折的人，一个守住底线的人。

古人云：慈不掌兵，义不经商，仁不从政，善不为官，情不立事。岂其然乎？！南征北战的"战况"，变化多端。一战市场创业，初露头角，见《黄土高原开奇葩》《黄土地上的月光》《记沙棘开发先行者林顺道》；二战文化宣传，大显身手，见《记延安医科专修学院的老师》《"美丽乡村行"，聚焦南泥湾》《延川县黄河文化采风见闻》；三战教育行业，劳苦功高，品诗歌《教师节》《夸志海》；四战房产开发，五味杂陈，品诗歌《赠孔令喜》。

《孟子·尽心章句上（第九）》云："穷则独善其身，达则兼善天下。"做人，走运时不骄人，有格局，有风度；背运时，不甩锅，有担当，有操守。如此之人，当然可交。陕西延安九洲建设工程司法鉴定所、延安三鼎工程监理有限责任公司法人代表李彦文先生，陕西秦齐建设工程有限公司董事长刘静女士等人听说南征准备出书，积极主动表示支持，就是实证。

王勃《滕王阁序》感慨："嗟乎！时运不齐，命途多舛。冯唐易老，李广难封。屈贾谊于长沙，非无圣主；窜梁鸿于海曲，岂乏明时？所赖君子见机，达人知命。老当益壮，宁移白首之心？穷且益坚，不坠青云之志。酌贪泉而觉爽，处涸辙以犹欢。北海虽赊，扶摇可接；东隅已逝，桑榆非晚。"

南征先生像《水浒传》里的浪里白条，"此身恰似弄潮儿，曾过了、千重浪！"（陆游《一落索·识破浮生虚妄》），终将"长风破浪会有时，直挂云帆济沧海"（李白《杂曲歌辞·行路难》）。

南征其文其诗

为书作序，要知作品。谈了南征其人其事，再说南征其文其诗。

其一，文如其人，情深义重。

曹雪芹在《红楼梦》的第一回，直接以作者的身份写下了一首诗："满纸荒唐言，一把辛酸泪。都云作者痴，谁解其中味？"小说中说，空空道人把《石头记》从头到尾抄录下来后，因空生色，由色生情，传情入色，自色悟空，遂改名情僧，并将《石头记》改为了《情僧录》。

南征作文，满纸真情。《妻子，我一生的温暖》体现夫妻之情，《在女儿婚礼上的讲话》体现父女之情，《弯弯的葫芦河》体现故土之情，《老家吟》体现故乡之情，《给香莲婶拜年》体现邻里之情，《南道德中学的 1985》体现同学之情，《叶子，你让我激动更让我忐忑》体现男女之情，《石花》体现自然之情。

南征作文，满纸义理。《人生常遇拐弯处》蕴含人生之理，《叶子的归宿》蕴含生命之理，《男人四十》蕴含中年之理，《牵挂，真好！》蕴含社会之理，《邂逅》蕴含机缘之理，《清明时节》蕴含自然之理。

其二，诗如情歌，荡气回肠。

宋玉《高唐赋》："感心动耳，回肠伤气。"曹丕《大墙上蒿行》："女娥长歌，声协宫商。感心动耳，荡气回肠。"南征诗词，真情实感。

出身农家的南征，对农民、农村、农业有着难以释怀的情结。说农家之乐："疏篱曲径说红尘，苦乐是凡亦是仙。"（《山坳人家》）说农家之苦："黄尘如烟山路险，春播送肥到山巅。"（《送肥女》）说农村之美："杏吐丹霞柳垂青，彩蝶乱舞鸟和鸣。"（《春暖山乡》）说农业丰收："农家仓满酒盏溢，流汗积成流金年。"（《金秋》）

在外打拼的南征，对家乡、家乡人、家乡事有着难以割舍的情结。"车过洛川到鄜州，大河小溪惹乡愁。"（《车过家乡》）"千家万户祭扫忙，何时回乡拜宗亲？"（《清明节思亲》）"群山叠嶂水迢迢，不遏归心到故园。"（《回乡途中》）"他乡秋风寒，独酌思家暖。"（《中秋夜思》）"夜夜梦里描月圆，岁岁烟云空悠悠。"（《感怀》）"农家耘田忙，嘉禾泛情歌。"（《道镇即景》）"心宽便是一牧场，来年群牛好农桑。"（《劝友》）

重情义的南征，对朋友、朋友事、朋友行有着难以名状的关切。

"三载书信续友情,一朝重逢倍感亲。"(《故友重逢有感》)"当是对饮中秋酒,独踏落叶望鸿雁。"(《中秋节致好友徐宏》)"别意如抽丝,含情送孤雁。"(《送女友单车远行》)

重情感的南征,对自然、自然界、自然物有着难以形容的关切。"春抹红杏吐丹霞,风梳绿柳垂青线。"(《春风》)"西风猎猎远山淡,夜色朦胧路灯暗。"(《冬晚》)"休言冬时不盎然,白衣仙女散雪花。"(《初冬》)

南征的现代诗写得更好。

妈妈的心,像"一颗熟透的柑橘／公平地分成八瓣",妈妈给了爷爷、奶奶、父亲、儿子、儿媳、女儿、孙子、孙女,自己"只剩下／一张赤红的橘皮"(《妈妈的心》)。歌颂母爱,无以复加。描写母爱的诗词,卷帙浩繁、汗牛充栋、各有千秋。读南征的这首《妈妈的心》,我立即联想起自己的母亲,一股酸楚袭上心头,一阵疼痛剜在心尖,一腔自怨积满心胸。

"有一个人／他在追求／常在追求……"(《散落的记忆》)戛然而止,砥砺自己。"我好似一朵流云／不问去向／一切随风。"(《悲怆年华》)似有彷徨,依然拼搏。"劝君珍惜匆匆时／争分夺秒急匆匆!"(《匆匆》)寸阴尺璧,只争朝夕。

《打开你的心扉让我进来》,写爱情,写亲情,轻名利,重责任:"把名利地位当作过眼云烟／深知情爱深长更懂责任如山。"《今夜,我为你守候》,男子汉豪情万丈,拿得起,放得下。"分手吧,我若离去,愿你幸福。"(《分手》)《寒风中的叶子》,说付出,说奉献。《尘埃》,说历练,说人生。

《黄土地、黄土坡、黄风歌!》讴歌了陕北黄土高原、黄土高原上的人。《三色高原》讴歌了黄土高原、红色圣地、绿色陕北。

"如果有来生 / 愿驾着彩云追赶落日,去寻找天堂里美丽的梦。""如果有来生 / 我还将和那些与我一路寻找人生美好的朋友们一起 / 继续追求人世间的最真、最美、最善。""如果有来生 / 我一定要把前世想说没说的、想做没做的、想恨没恨的、想爱没爱的 / 都说了、都做了、都恨了、都爱了。"(《如果有来生》)

其三,随笔随性,小中见大。

这里说的"随笔",就是《杂感篇》,是语录体散文,即用语录形式写成的以记言为主的散文。

南征的随笔,曾经结集于《微信朋友圈,那年的作品》,但并未出版。

"远去的白云在空中飘荡,秋天涂满了爱的色彩。"(《晨曲》)"不一样的山连接着不一样的水,不一样的天地蕴含着不一样的山水灵气。"(《相思湖》)不一样的眼光,不一样的文笔。

"现代人大多数终日忙碌,身处喧嚣浮躁中,是否能在忙乱中静下来,反思人生方向?"(《宁静致远》)不是反问,而是设问。

《岔路口》告诫自己:"遇到拐弯处,要大胆,要谨慎;莫大意,莫徘徊。"《少点社交》提醒自己:"放弃那些无用的社交,提升自己,世界才能更大!"

《生活如麻》《悲秋》,所以想找一处《世外桃源》。但是真正的男子汉,虽有观望、犹疑,绝不畏缩、退避。品一壶《泾阳茯茶》,直面红尘,树立《过蜀道》的信心,走进《大自然》,坚持《向前看》,读懂蔡文姬(《读蔡文姬》)的两难,既要《宁静致远》,又要《心大爱大》《奉献》。

南征其人可交可处，其事可圈可点，其文可读可品。南征北战，人如是，文如是。

是为序。

2023 年 8 月 2 日（癸卯年六月十六）

于延安枣园君林上苑

自序

拾起少年时代的梦

有些不敢想象，年过半百，我却有了出书的念头，并将之付诸行动。之所以有了出书的行动，主要是朋友的鼓励，唤醒了我少年时代的梦想。

我的家乡位于葫芦河下游，接近葫芦河、洛河交汇的地方。东南接黄陵，正东连洛川，东北邻三川驿（三川驿历史悠久，东晋在此设长城县，西魏改为三川县。隋开皇三年在三川县北部增设洛交县。唐武德元年在洛交县城兼设鄜州，武德三年在洛交县西面分置直罗县。宋降三川县为镇，并入洛交县），三川驿有"鸡鸣闻三县"之说。我们村原名叫武门申，二十世纪五六十年代改名为新民村，原属南道德乡管辖。南道德乡"撤乡并镇"后并入寺仙镇，我们村也就归属寺仙镇管辖。

我们村原来为什么叫武门申，我猜测有两个原因：

其一，村里的大户姓武，村名是由姓氏而来；其二，北魏时期，我们这一带是西羌卢水胡（胡人分支）居住地。西羌卢水胡的盖吴（盖吴，418年—446年，本姓盖拉氏，北地郡泥阳县即今陕西耀县人）因不满北魏统治，于太平真君六年（445年）发动杏城（今陕西黄陵）起义，设置百官，自号天台王，拥有部众十余万。盖吴遣使联络宋文帝刘义隆，授雍州刺史、北地郡公。攻取长安，声势浩大，自称秦地王。盖吴既然称王，可能就有王宫，而王宫居中向阳位当子午的门，叫作午门。那么，盖吴会不会在我们村附近建都，并建了王宫呢？我不是历史学家，自然搞不清楚这些尘封于历史长河中的旧事，只是提出一个猜想，让有心人去考证吧。

我们的村子不大，有六七十户人家，但这不多的家户却来自安徽、河南、山东和陕西其他县，是富县为数不多的移民村。虽然大家来自不同的地方，但相处和睦，文化也比较多元，特别是在饮食方面，更有特色。我小时候就吃过安徽的格拉面、河南的胡辣汤、山东的煎饼、陕西关中的扯面。

我们村是一个美丽的地方，群山环绕，绿水相伴。天总是那样的蓝，云总是那样的白，水总是那样的清，太阳也总是那样的艳丽。我在那里度过了我的童年和少年时期，她给了我无数美好的记忆，当然也给了我很多的痛，很多的苦。我在她的怀里做过无数美好的梦，有过无数的憧憬——而文学梦就是其中的一个梦，成为作家就是其中的一个憧憬。

说到文学梦，就不得不提到我的舅舅杨来祥。我外爷和大外爷是山东人，"大跃进"时来到陕西。据说，我大外爷还是某所大学的教授。这一点我不能确认，但我能确定的是，我大外爷肯定能断文识字。因为他喜欢读书，而且常教导我要好好学习。我外爷养育我母亲和舅舅一双儿女。舅舅大我12岁，我外爷、外婆去世后，舅舅尚小，和我母亲姐弟俩相依为命。母亲、舅舅成家后，两家是邻家，因此愈加亲近。那时候生活艰难，我很早就为父母分忧，砍柴、拾猪草，甚至去做一些与年龄不相符但力所能及的农活。夏天去河边拾猪草，我和舅舅一起去；冬天去山上砍柴，也是我和舅舅一起去。我至今都记着我们砍柴的情景——每次砍好柴后，舅舅先把柴捆好，然后帮我背上，这才去背自己的。路上累了，他也是先帮我放下，才去放自己的。我父亲脾气暴躁，而我小时候又很调皮，经常被父亲揍，所以村里的小伙伴给我取的外号就是"挨打毛"。但是，只要父亲打我的时候舅舅在家，那么他就会及时赶到，救我于危难，甚至还会为我出头，批评我的父亲。正是这些原因，我对舅舅十分亲近，把一些知心的话说给他。1978年恢复高考，舅舅考进延安师范学校时，我才上三年级。有一次，我想舅舅，就给他写了有生以来的第一封信。舅舅及时给我回信，指出我的写作错误，表扬我写得好，鼓励我好好学习。舅舅的鼓励让我激动不已，萌生了写一些东西的念头。但在那个时候，那个地方，我根本见不到文学性的东西，能见到的就是报纸。于是，我就开始学着写通讯报道。

　　1983年，因为村里原有的七年制学校撤了，我不得不去南道德乡上初一。从这个时候开始，我给县广播站写了很多广播稿，也挣了不少稿费。最让我激动的是，我写的关于南道德学校开展"五讲四美三热爱"、勤工俭学之类的稿件被县广播站播报后，学校校长在大会上对我做了表扬。一年后，我又转到吉子现中学上初二。在这时，我写的《绵绵坝水情》被县广播站播报，挣了

3块钱的稿费。1984年，富县县委召开第一次通讯工作会，点名要我参加，还评我为优秀通讯员。

因为没有考上高中，我回到了农村，但我心比天高，总想跳出农门。这时候舅舅已经参加了工作，他推荐我去吴起县的一个工队干活。在工地上，我依然放不下写作。我平日里干活，阴雨天出去找新闻，找素材，不放弃自己的梦想。终于，我给吴起县图书馆薛耀兰馆长写的新闻稿《薛耀兰甘做书林报春鸟》，被吴起县广播站播报了。那段时间，我给吴起县广播站投了不少稿子，也播报了不少，每个月都有收入，最多的有十几块钱，最少的也有两三块。但是，因为出身农村，舍不得花自己的钱去买稿纸，就去吴起县委办找我舅舅的同学缑金权要稿纸。他那时已经是县委办的副科长了，我去的时候，他的桌子上放着几沓印着吴起县委办红字的稿纸。他听说我要稿纸，说让我先回去，后面会给我把稿纸送来。我以为他怕人看见，就先回去了。第二天，他果然送来了稿纸，但不是县委办的稿纸，而是他自己掏钱买的稿纸。这件事教育了我，让我明白了一个道理，不要钻空子，更不能占公家的，或者别人的便宜。

1989年，我和妻子结了婚。1990年，公司项目经理陈祁把我带到了延安，并介绍我到陕西文化音响出版社延安发行中心当办公室秘书。到延安后，我眼界开阔了，认识的人也多了。这个时候我才有条件接触文学，也尝试着写散文和诗歌。但由于经济压力较大，我的精力大多用在工作上面，对文学的学习不够多，写作水平一直难以提高。1993年，我到延安商贸公司当办公室主任。同年4月，又到延安沙棘综合开发公司当副经理。1994年，我在沙棘油加工厂任副经理，到了1996年，担任经理。1998年，任延安杏河果业公司经理。2002年,任延安京延中学筹建处副主任。2004年,任延安京延中学董事会董事。在这些年里,我虽然接触了一些文化人,自己也写了一些东西,但还是没有正式走到文学的道路上。甚至可以说,连文学是什么都没有搞清楚,提笔一写就是通讯报道的形式。这让我非常沮丧,觉得少年时代的写作梦终归是一个难以实现的梦了。

但不能不说,我是幸运的。2008年,延安京延文化产业发展集团公司董事长高志海创建的"5.23文化产业园区",成了延安市文化人的聚集点。文人荟萃,大家云集,我那颗差不多死去的心又活了起来,我那远去的文学梦又做了起来。每天一闲下来,我就去和文人聊天,其中,我和袁茂林接触最多。袁茂林是个书法家,也是个文学评论家。在他的耳濡目染下,我一天天地开悟。虽然写作水平没有提高,但我觉得对文学有了一个基本的认知:它能表达写作者的思想和情感;写作者对世界、对人的认知越全面,思考越深刻,情感越丰富,写出来的东西才越有价值。我大半辈子都用在谋生和走弯路上,现在有时间写写画画,并且对文学有了一点认知,我觉得很是欣慰。因为文学对我来说是一个梦,如今,我又能去做这个梦,并且找到了一个方向,焉能不自豪乎?《论语·里仁第四》中说:"朝闻道,夕死可矣。"刘禹锡《酬乐天咏老见示》中说:"莫道桑榆晚,为霞尚满天。"

于文学而言,我才略有所悟,而且我年龄也不小了,但是,为了少年时代的梦,我觉得我应该继续走下去。"谁道人生无再少?门前流水尚能西!"

本书汇集了我三十多年的部分作品,分为两大部分。第一部散文,有体味人生篇、欣赏自然篇、故人故事篇、杂感篇4篇;

第二部诗词,有仿古体诗、现代诗 2 篇。且不论文采、结构、意境,都是我追梦的足迹,"急景流年都一瞬,往事前欢,未免萦方寸。"将之出版,以慰我心。

2023 年 5 月 1 日

目录

◆ 第一部　散文

▷体味人生篇◁

石　花　‖　003
给香莲婶拜年　‖　006
人生常遇拐弯处　‖　009
不再孤独　‖　011
牵挂，真好！　‖　013
牛郎织女叹　‖　015
今夜，让风儿给你捎封信　‖　016
过年，回家的路还有多远？　‖　019
风雨彩云归　‖　021
叶子，你让我激动更让我忐忑　‖　028
叶子的归宿　‖　033
今天，我们迎接春天！　‖　036
清明时节　‖　038
南道德中学的1985　‖　040
老家吟　‖　043
男人四十　‖　045
邂　逅　‖　046
妻子，我一生的温暖　‖　047

在女儿婚礼上的讲话 ‖ 050

▷欣赏自然篇◁

弯弯的葫芦河 ‖ 053
上海日记 ‖ 057
天堂般的鄂尔多斯 ‖ 062
重庆游感 ‖ 065
己亥宜兴行 ‖ 069
我村地名小考 ‖ 073

▷故人故事篇◁

黄土高原开奇葩 ‖ 078
黄土地上的月光 ‖ 090
记沙棘开发先行者林顺道 ‖ 102
记延安医科专修学院的老师 ‖ 112
"美丽乡村行",聚焦南泥湾 ‖ 116
甘谷驿镇治沟造地侧记 ‖ 118
延川县黄河文化采风见闻 ‖ 121

▷杂感篇◁

感恩节 ‖ 125
气象节 ‖ 125
春 雪 ‖ 125
宁静致远 ‖ 125
奉 献 ‖ 126
榆林游 ‖ 126

相思湖 ‖ 127
端　午 ‖ 127
岔路口 ‖ 127
天然氧吧 ‖ 128
银川印象 ‖ 128
中秋节 ‖ 128
北京印象 ‖ 129
暖　阳 ‖ 129
秋雨迎冬 ‖ 129
少点社交 ‖ 129
与妻私语 ‖ 129
赞女记者 ‖ 130
又出发 ‖ 130
瞻仰穆柯寨有感 ‖ 131
晨　曲 ‖ 131
生活如麻 ‖ 131
世外桃源 ‖ 132
静夜思 ‖ 132
夜　行 ‖ 132
冬日麦田 ‖ 132
读蔡文姬 ‖ 133
春　雨 ‖ 133
黄陵桥山行 ‖ 133
画葫芦 ‖ 133
紫藤画 ‖ 134
悲　秋 ‖ 134
大自然 ‖ 134
除夕夜 ‖ 134
清明节 ‖ 135

安康游 ‖ 135
过蜀道 ‖ 135
赏好友郑玉杰新作 ‖ 135
向前看 ‖ 135
京延中学校园随感 ‖ 136
泾阳茯茶 ‖ 136
元旦寄语 ‖ 136
寻　觅 ‖ 137
春　节 ‖ 137
说金钱 ‖ 138
经　历 ‖ 138
及时雨 ‖ 139
立　秋 ‖ 139
春　愿 ‖ 139
清　明 ‖ 140
呼伦贝尔 ‖ 140
半日闲 ‖ 140
心大爱大 ‖ 140
流金岁月 ‖ 141
延安春景 ‖ 141

◆ 第二部 诗歌

▷仿古体诗◁

回乡途中 ‖ 144
道镇即景 ‖ 144
劝　友 ‖ 145
山坳人家 ‖ 145

清明节思亲 ‖ 146
送肥女 ‖ 146
故友重逢有感 ‖ 147
中秋节致好友徐宏 ‖ 147
中秋夜 ‖ 148
遇佳偶 ‖ 148
春暖山乡 ‖ 149
金　秋 ‖ 149
跃龙门 ‖ 150
夸志海 ‖ 150
感　怀 ‖ 151
送女友单车远行 ‖ 151
过安塞 ‖ 152
教师节 ‖ 152
京城就医偶感 ‖ 153
中秋夜思 ‖ 153
北行之夜 ‖ 154
延西列车见闻 ‖ 154
车过家乡 ‖ 155
赏郑玉杰新作（其一） ‖ 155
赏郑玉杰新作（其二） ‖ 156
赏郑玉杰新作（其三） ‖ 156
冬　晚 ‖ 157
清明扫墓有感 ‖ 157
春　风 ‖ 158
初　冬 ‖ 158
晚　学 ‖ 159
赠孔令喜 ‖ 159

▷ **现代诗** ◁

散落的记忆 ‖ 161

悲怆年华 ‖ 164

归　心 ‖ 165

黄土地、黄土坡、黄风歌! ‖ 166

今夜, 我为你守候 ‖ 168

今夜, 我和你有个约定 ‖ 170

打开你的心扉让我进来 ‖ 172

匆　匆 ‖ 173

妈妈的心 ‖ 175

导游李莉 ‖ 177

分　手 ‖ 179

走出"爱牢" ‖ 181

春　雪 ‖ 183

合肥: 放飞梦想的地方 ‖ 184

三色高原 ‖ 185

尘　埃 ‖ 188

这一年, 我们匆匆走过 ‖ 191

念屈原 ‖ 192

晚　归 ‖ 193

如果有来生 ‖ 194

寒风中的叶子 ‖ 196

小　桥 ‖ 197

后记 ‖ 199

第一部

散文

体味

人生篇

石　花

　　石花，就是石头生的花。

　　你没见过吧？我告诉你，石头会生花，生出洁白的花，非常好看的花！

　　寒冬时，我领着刚从都市里急匆匆赶回来的表弟，到家乡的一处名叫石沟的地方去看石花——因为山沟东西两边是狭长而陡峭的山崖，山崖上和山沟里全是各色的石头，石质坚硬、细腻，所以叫石沟；又因为它位于我们村子的南山，也被称为南沟。

　　路上，表弟饶有兴趣地问我："哥哥，石头真的会生花吗？"

　　我笑着回答："会的，会生出极好看的花。"表弟半信半疑，我于是笑着解释："我们这条石沟里长满了石头，有青石、白石、黄石，还有红石，各色各样的石头，它们长年累月生长在这条很少有人涉足的大沟里，喝溪水、晒太阳，一到冬季便开始生花了……"我愈是强调，表弟愈是怀疑，他一个劲嚷道："奇了怪了，石头生花？"

　　"不信？到了你就知道了！"

　　我们沿着一条蜿蜒曲折的山石小道向大山深处走去，脚下杂乱的大小石块铺满沟滩，稍不小心就有可能摔倒。表弟吓得直叫怕，我便拉着他的手，慢慢地向前走。

　　走了一会，石道两旁的大山腰间渐渐露出了石头的眉目。往前走几步，一片比较开阔的石场出现在我们眼前。两座陡峭的石崖面对面向大山深处延伸，沟滩里堆满了石头，立着的，卧着的，挺着身子的，耷拉着脑袋的……奇形怪状，景象万千，简直是走进了石头的世界，让人惊叹不已。大自然的奇迹真让人震撼，表弟被眼前这场面惊住了，他瞪大那双好奇的眼睛问："哥哥，这么多石头是哪来的呀？"

"天上掉下来的呗。"我笑着回答。

"不，我觉得是山里长出来的。"表弟极认真地说，"我们城南那座山上也有石头，爸爸说那是山上长出来的。"

我看了一眼表弟那天真的脸，偷偷地笑了。

"怎么还不见石花呢？"表弟急乎乎问我。

"你看，那不就是石花嘛！"我用手指着石崖上那被冻结而成的大大小小的冰块和那顺着石崖长长垂下的冰柱，向表弟解释说，"那就是石花，从石头上长出来，经寒风一吹便开了花，极好看的花！"表弟顺着我指的方向看了半天，忽然咧嘴大笑起来："哥哥真会讲故事，能把冰挂说成石花！"

"不信吗？那再去前面看看。"我又拉着表弟的手，向石沟深处走去。这里则是另一番景象：一片偌大的石场上，横七竖八立着式样各异的大小石龙、石虎、石狮、石槽、石板、石条、石碾……四下里堆满了大大小小的碎石块……这是乡里有名的石匠师傅开采出来的各种石料、石器和物具，每个物器上都雕刻了各种花纹、图案。

表弟走到近处，瞧瞧这个，看看那个，一边认真欣赏一边自言自语。忽然，他在一块刻有龙凤图案的石板面前站住："哥哥，我找到石花啦！"

"什么？"我被表弟的喊声惊住了。

散　文

　　"石花!"表弟像是受到什么感触似的一下子蹦了起来,"我找到石花了!我明白了,石花,就是石匠师傅用智慧和勤劳雕刻出来的花!这些经过千辛万苦开采出来又精心雕刻上花纹、图案,送进千家万户为大众所欣赏的石头,就是石花啊!"

　　"呵呵,你还真聪明!"我望着表弟那幼稚、天真又似乎很成熟的面孔坦然地笑了!

　　勤劳地生金,灵巧石生花!

1992 年 12 月 30 日

给香莲婶拜年

那年春节，我有幸回到阔别七八年的老家，在有些衰败的乡村，与家人共度新年。

一大早，我就做好了新年第一顿早饭。全家人吃过饭后，我便和几位同辈一起到村里其他家去拜年。春节在"数九天"的"三九""四九"，每到春节，山村笼罩在一片严寒中，但家家户户门窗上贴着的红春联，大门上挂着的红灯笼，都会给人一种温暖的感觉。辞旧迎新的喜庆日子，农村人的重视程度似乎高于城里人。

村中，一群孩童嬉笑追逐，到处燃放炮仗，此起彼伏的爆竹声划破了山村的寂静。一支由二十余人组成的拜年队伍在各院落进进出出，力壮气足的小伙子，稳重成熟的中年人，个个满面春风，笑容可掬，显示着无比的活力和喜悦。我也随着这队人马，走了一家又一家，给年高辈长者拜年。

每到一家，映入眼帘的都是装饰一新的家舍院落和欢天喜地的阖家老小。无论从哪个角度看，都给人一种崭新、吉庆、祥和之感。热心的主人们，总是拿出村民平日少见的稀罕物招待每一个来拜新年的人。香烟、糖果，还有花生、葵花子都是极平常的招待品。在一家刚刚脱贫致富的农户家里，年已65岁的香莲婶喜盈盈地告诉我，她家今年小麦收入八千多元，栽种烤烟收入上万元，苹果园收入三万元，算上家里其他零星收入共计五万多元。

散　文

听了这个数字我吃了一惊：多年来都穷得叮当响的香莲婶家，没想到今天竟然成了致富冒尖户！

五万元的收入和其他大户相比可能算不了什么，但对于当年家无斗米、身无分文的香莲婶来说，的确算是一大笔收入了。香莲婶家里摆放的新式组合家具，院子里停放的农用车，还有几间新盖的房子，这一切，足以说明香莲婶家脱贫致富了。

我坐在炕头，喝了一口香莲婶泡的茶，一股清香直逼唇舌，我心头为之一动，这清香的茶水是那样纯正，和前几年我喝的那种苦涩茶水大不相同——当年泡茶水的依旧是这个饱经风霜的香莲婶呀！我又拿起茶杯，小口细品那清中透红的香茶，只觉得茶香扑鼻沁心。前后相隔七八年时间，同在这个炕头喝茶，这味道却大不一样了。正在我皱眉寻思之际，香莲婶递给我一支烟，并随即啪的一声打燃了气体打火机。我扫了一眼，看见炕上除了糖果之类的招待品，还放着几种高档香烟，而给我抽的这支则是久负盛名的"软云烟"，二十几元一包的香烟。

我有点惊讶了，一面吸着这香味十足的香烟，一面暗自思忖，并回想起香莲婶之前的面孔。那时她面庞消瘦，深凹的双腮衬托出一副苦相，干裂的眼角横着粗粗的皱纹，整个面孔似乎记录着那风风雨雨的苦涩生涯。记得七八年前，我每次回家总少不了到她家坐坐，那时，她家的景象真让人看了心酸。如今，这个当年村里有名的贫困户却变得如此富裕康乐了。

我默默地思忖着，是什么使香莲婶家由家徒四壁的特困户一跃成为粮广钱足、锦衣佳食的小康之家呢？大概是我过于外露感情的缘故，香莲婶似乎猜透了我的心思，她十分欣喜地走近我，用那种习惯的称呼说道："好征娃哩，这几年婶子家可算走了红运，人常说'遇年头，吃茶饭'，这话一点也不假呀！"

　　香莲婶显得很激动，语调中有着十足的自信："若不是上头政策好，婶子说啥也不会有今天这么好的光景。这几年咱们村里十有八九的农户都富了，大家吃好的，穿新的，像你二叔家，除新砌了五孔砖窑外，今年还给二儿子娶了媳妇，眼下银行里少说也有五六万的存款，还有你干爸家……"香莲婶像是在给我报喜，喷着满嘴的唾沫星儿夸口不绝。我深深吸了一口烟，皱着的双眉舒展了。怪不得香莲婶那么喜悦，那么自信。我终于知道了是什么让她变成了一个康乐之家的女主人！

　　告别了香莲婶，我愉快地走出了她家那洁净安谧的四合小院。大门口，一副醒目的对联吸引了我的视线。只见两张四寸见宽的红纸上，用浓墨书写着十四个刚劲飘逸的大字："政策稳定顺民愿，家家喜跨致富门"。

　　是啊，富民政策像一盏指路明灯，把千家万户引上幸福之路。我再三轻吟着这副对联，边吟边离开香莲婶家。

　　这时，已是中午时分，明媚的阳光透过蔚蓝的天空照射着村庄农舍，一群身着崭新衣服的孩子正在追逐嬉闹地放鞭炮，那天真、欢畅的嬉笑声给整个山村增添了无限的热闹和喜庆。

1998 年 1 月 29 日

散文

人生常遇拐弯处

世界上真的有梦与生活如影相随的事吗？这似乎让人一时难以说清。自从那次被惊吓以后，我常有一种不太踏实的感觉。虽然之后我的神志都正常，言谈举止也有序，做什么都有条不紊，然而心里总像压抑些什么，好像刚干了一件见不得人的事，以至于晚上躺在床上，时不时会想起那一幕。

那是一个刮风的下午，太阳斜斜地挂在天上。我因为急着到镇上给患病的孩子买药，自行车蹬得比往常快了许多。在一个三岔口的拐弯处，拐弯前我丝毫没有听到前面有任何响动，但当自行车顺着右弯道正转向时，蓦然哇的一声哭喊，像晴天霹雳从右手边传来，紧接着便是一阵撕心裂肺的号叫。我被这突如其来的哭喊声吓愣了，慌忙中紧急刹住车子，跳了下来，心咯噔咯噔直跳。我定了定神，看见小路口的拐角趴着一个三十多岁的汉子。那汉子的头在地面上不停地重重地磕着，双手在地上胡乱拍打，尖厉的哭喊声让我感到阵阵战栗。我从他那身破旧不堪的衣服断定他是一个极贫寒的人。他为什么在这少有人至的小沟旮旯里大声哭呢？我犹豫了几番，最终还是没敢上前去。他似乎没有发现我，只管放声号哭，声音愈来愈高，令我惶恐不安。我的心很乱——慌乱、紊乱、杂乱。急乱中，我慌慌张张地离开了。

买完药往回走的时候，路过三岔口，我早早地下车，边观察边匆匆而过。

回家后，我赶紧把药交给爱人，让她看着孩子服药，自己一头栽倒在床上。

从那以后，我时常有一种恐惧不安的感觉，特别是一听到有人痛哭，就觉得害怕，心跳得特别厉害。我的梦境中经常再现那令人心悸的情景。每次被这样的噩梦惊醒之后，我就失魂落魄地坐在床头，遥望窗外，惊恐之情难以名状。

两个月后的一天，我的这种变化被爱人发现了，她问我怎么了，我苦笑说："不知道。"

我打听到，那个号哭的人是一个精神病患者。他父母早逝，留下他孤身一人，被家族中的三叔收养，成年后娶了妻子，后生下一个小女孩，不料妻子跟人私奔了，小女孩也因无人照管得了病，久治不愈，离开了人世。女儿离世后，多年来他孤身一人，以乞讨为生，再到后来，他就疯了。据说他常在荒野和岔路口大声哭，有时竟然拿着棍棒追打路人……

随着时间推移，我渐渐淡忘了这件事，但那令人心惊胆战的恐惧感却深深印在我的心里。偶尔骑自行车外出，不论在柏油马路，还是在乡间小道，我都格外小心，遇到三岔口的拐弯处，我就会跳下车来，推着自行车拐过三岔口，生怕再碰上那个陌生又熟悉的场面。

如果说，梦是生活的缩影，那么我对梦的恐惧就是对生活的还原。

人生有很多拐弯处，人永远不可能知道转过弯后会发生什么，如果在拐弯处能多存警觉之心，也许就不会被突如其来的意外所惊吓！

2010 年 12 月 18 日

散　文

不再孤独

　　这是几年前我亲身经历过的真实故事，每当想起这件事，我的内心便会产生一种忐忑不安乃至无限惆怅的失落之情。

　　失落的滋味，就像刚刚懂得了谦虚一样，最初是一阵迷惘，但又很快会发现，这不仅有益，而且也不失为一种难得的体验。几年前，当我还对人生抱有比较幼稚的愿望时，我就曾有过这样的感受。那时我觉得自己好像是站在一个空旷的广场上，被周围五光十色的灯光照耀着，映出一个模糊不定的影子。

　　那天，在傍晚的大街上，我无意中走到一家舞厅门前，正巧一个年轻的女人挽着一个年轻的男人与我擦肩而过，只闻到扑鼻的清香，听到窃窃私语。我被无意中碰了一下，一抬头，看到那位头仰得高高的男人斜睨着眼睛看我，像是在向我炫耀他的女人，那被男人挽得很紧的女人同样斜睨着我，像是在向我炫耀她的男人。我瞬间感到一阵失落，心里很不是滋味。

　　售票员小姐递过两张门票要我付钱，我这才意识到还没买门票。

　　"怎么是两张呢？"我不明白地问。

　　"您没带女朋友？"

　　"我没有女朋友。"我有点不知所措地回答。

　　售票员小姐耸耸肩，淡然地笑了笑："对不起，不过，里边有舞伴，您只要付小费就可以。"

"我不要舞伴。"我神经质地付了钱转头走了，把刚才买的门票撕成碎片扔在马路边。马路的路面被舞厅里斜射出来的五彩光点照得半红半绿，被撕成碎片的门票在五彩光点中飘零。

我独自一人在街上走着，觉得内心好像缺点什么。走过街道拐角，已是晚间十一点多钟。夜深人稀，我便敲开了朋友的门，原想多坐一会儿，却看到朋友和一位漂亮小姐谈趣正浓，对我的到来，只是淡淡一笑，递过一根烟示意我坐在旁边。我很尴尬，呆呆地坐在那，感到失落。不知什么时候，我走出了朋友家，踏上黑黝黝的背巷小道向家里走去。路上没有行人，也没有灯光，无尽的天幕里，只有几颗星星还在闪烁。我望着闪烁的星星，暗自宽慰自己，上帝没有吹灭天堂所有的灯，它留下一线光明，引导着归来的灵魂，使得他们免遭失落。

仰望明星，我暗暗在心里祈祷：愿所有和我一样失恋了或正在失恋，痛苦或者正在经历不幸、被人冷落的人，忘却这失落乃至痛苦的瞬间。看，漆黑中依稀闪烁的星星眨着亮亮的眼睛斜挂在我头顶，像一盏盏游动的小油灯伴我夜行，它们使我在黑暗中看到了一线希望。我顿时感到周身温暖起来，沉重的步子也轻快了许多。快到家了……

也许，明天，我不再孤独，不再失落。

2011 年 4 月 8 日

散 文

牵挂，真好！

昨晚，一夜难眠。生物钟和神经都紊乱了，不知道为什么心中充满了无限遐思，究竟是谁让我这么不能自已地思念和牵挂？

牵挂中充满深情，牵挂中充满忧伤，牵挂中充满渴望，牵挂中把思念寄托远方！

恋上一个看不见、摸不着，能感觉到却无法拥有的人，虽然这个人不在身边，甚至我并不认识她，但我却依然无法摆脱对她的牵挂。

我不知道我怎么了！有的牵挂没有理由，没有结果，没有益处，但爱心不死的我依然充满牵挂。

牵挂，是一种深爱，是一种执着，是一种期盼。

牵挂，是难忘的，是刻骨的，是痛楚的，也是幸福的！

牵挂，这难忘而幸福的感觉，起初是淡淡的，而后是浓浓的、烈烈的。牵挂的感觉，真好！

人生有了牵挂，就有了理想、有了目标、有了奋斗、有了幸福，当然也就有了坎坷、有了辛酸、有了苦苦的追求与思念、有了艰难的求索与兴奋——这些，我觉得都是牵挂的意义与价值！

牵挂真好！希望我们都有牵挂：在真心真情的牵挂中快乐而孜孜不倦地寻找生活的真谛！在耐心的默默等待和苦楚的寻觅中感受爱的伟大！

让牵挂在生命中延续吧,让牵挂在你我身边长存,让世界充满爱与牵挂!

2011 年 5 月 25 日

牛郎织女叹

今朝又到七月七，遥望牛郎和织女。

王母娘娘发慈悲，鹊桥相会泪凄凄。

有缘千里来相聚，天上人间惜七夕。

七月七日是牛郎织女鹊桥相会的日子，每当此时人们便想起了冲破万千阻隔勇敢相爱的牛郎和织女这对苦命鸳鸯——虽然曾经夫妻恩爱、幸福绵绵，却被无情的王母棒打分离，活活拆散！牛郎、织女天各一方，朝夕相望而不能相聚相伴，苦楚的思念和炽热的爱被一道天河无情阻隔了万载春秋……

白天、黑夜，一天又一天地从牛郎、织女身边走过；太阳、月亮，一日又一日从牛郎、织女身边升落。天河下，芸芸众生中的情男情女们在热烈分享爱情与幸福的同时依然没有忘记仰望天空，用满含祈祷与期盼的真诚目光注视天河。天河两岸，牛郎织女隔河相望，泪水洗面，可远观而不可相聚相伴。

朝夕相望兮泪洒天河，年复一年兮七夕相合。

为爱而死兮情感苍穹，鹊桥相会兮夫妻同乐。

2011年8月4日

今夜，让风儿给你捎封信

莫愁：

这封信已经写了许久，一直没有来得及发出。今夜，在遥远的西域古城，窗外闹市喧嚣，屋内孤独寂静。泡一杯茉莉清茶，点一支香烟，辗转难眠之际想起了你，想起了这封没有发出的信。于是，打开窗子，让风儿给你捎去……

认识你，是在一个难忘的夏天。一次不经意让我有机会走进你的世界，于是，那段时间我每日都在繁忙的间隙细细品读你、走近你，在你心灵深处如影相随。渐渐地，我发现：有一种美在你身上体现，这种美注入了丰富的内涵，不单像一幅雅致的画，更像一本耐人寻味的书。

莫愁，你用成熟的心态读人世间的风雨雷电，看大自然的万紫千红；用理智的思绪面对世态炎凉；用坚强的胸怀包容人间沧桑。我知道，你也许每天都在经历不幸，但顽强的你依然会嫣然一笑——这一笑，包含了你对世态不平的不恭；这一笑，蕴藏着你对生活苦楚的藐视；这一笑，流露了你对那些纨绔子弟的不屑一顾……显然，这笑是苦的，是无可奈何的，却也是对生活的抗争与进取。这完全说明，你不是一个同流合污者，你是一道清流，因此，我为你感到高兴！

夜，空旷、寂静，像一架沉默的琴。忧伤的我，躺在床上辗转反侧，难以入眠——那难忘的时时刻刻如今仍记忆犹新，浮

散　文

现眼前。蒙眬中我在做梦：山花烂漫，芳草青青，美丽的太阳斜挂在天空，我和你相依漫步在山间小道，追逐嬉戏，窃窃私语，朗朗笑声划过明净的天空回荡在山谷之间……忽然你悄声离我而去，我奋力追赶，追啊，追啊！可是，我用尽全力，都没有追上你……

　　这样的梦，对我来说已经做过无数次了。每当夜半梦醒，我的眼角总挂满了忧伤。一位哲人说过，不要对人生抱有过高的期望，否则你会变得不快乐。如梦的浮生原本就恨长愉短，真正的快乐有时却藏在平凡的心境背后。终于，我伤痕累累的心明白了——让我们一切从平凡中开始，在平凡中相依，肝胆相照，互相为对方祈祷、祝愿！

　　莫愁，自从与你陌路相遇以来，曾多少次，我把燃烧的欲望深藏心底，把强烈的思念变为孤独的安慰！也许所有这些情绪你无法或者永远不会感知到，但在我心里它将是一个永恒。在今后漫长的岁月里，我将一如既往地思念着你，痴爱着你，并且这种刻骨铭心的思念将伴我度过漫漫长夜，走过春夏秋冬。我之所以这样做，是因为我深深地理解有着不幸遭遇的不幸的你——被前友抛弃的失落与无奈让你经受了太多太重的痛苦与煎熬。当然这种理解曾经也带给我难忍的苦楚和无限惆怅。当我在叹息和同情当中为你愤慨时，我对这个多数人认为多彩的世界充满疑惑与指责，指责这世态炎凉、人情若水。我又能为你做什么——即使我做了，又能怎么样？为此，我彷徨了许久。后来，这种感觉渐渐地淡了，就像一团烟雾，散开了。

　　天气阴霾，细雨绵绵，昏暗的天空除了布满沉甸甸的乌云外，全是阴晦的潮气。我曾独自一人拖着无精打采的双腿，在坎坷不平的小道上高一脚低一脚走着，雨点淋湿了纷乱的头发，淋透了身上布满尘垢的衣服。初秋的风竟然让我感到一种清冷。那时，我的心情和昏暗的天一样沉重，我在努力地想着你，身边没有你，就像雨天没有太阳一样。风，夹杂着细雨飘落到我的脸上，头上仅有的几缕乱发顺着额前垂下，挡住了我灰暗的视线。

　　挡住了视线，却挡不住的细雨啊，雨要下到何时？望不见的你啊，此刻是否还在忧伤？也许，痴情的我过于认真，甚至到了呆和傻的地步。也许，我的苦楚和思念只是自欺欺人、望梅止渴；也许，你对我展露的那一笑全是违心的遮掩；也许……但这些对我来说似乎都不重要，重要的是我无论如何也要把你从痛苦的深潭拉出来，让善良的你远离人间苦海，远离充满欺骗与玩弄的折磨……让有爱心的你快些找到真爱！

　　莫愁，此刻我静静地躺在这西域古都的小屋，人静、身静、夜静，心却不静！喝一口茉莉清茶，抽一口难咽的烟，吐出的缕缕烟雾轻轻地萦绕在安静的小屋。我望着窗外漆黑的夜，思绪起伏，心潮难平，一股浓浓的思念与牵挂随着飘荡萦绕的烟雾飘出窗外，小屋弥漫着爱的味道。一丝风儿拂过沉默的小屋，我打开窗户，让满屋的爱与思念驾着缓缓的风儿，随着缕缕的烟雾飘向深邃的夜空，飘向你的身旁，捎去我这封永远有爱而没有结尾的信！

2011 年 8 月 8 日

散文

过年,回家的路还有多远?

　　回家、过年、团聚——对每个人来讲,临近春节前夕,这些都是非常迫切与期盼的心愿。无论是谁,无论身居何方,无论回家之路如何遥远,人人都渴望回家过年。在严寒朔风的腊冬,许多人默念着"回家"这个温暖的词语,眼睛凝视着家的方向,带着一年辛苦换来的体面与尊严,一路风尘,幸福地踏上回家之路!对他们来讲,家在,我们就在;回家,就有幸福!

　　然而,并不是所有的人都能如愿、如期回到家。农民工——这个诞生于改革开放初期的新名词,背后的群体生活在大大小小的城市里,用体力与艰辛助推着城市的繁荣与发展。常年漂泊与劳累之后,他们带着辛苦换来的微薄收入,多么希望体面地回家与亲人团聚,分享过年的快乐与幸福。然而,他们却很难回家!我们通过电视、报纸不难看到:漂泊在外的人临近年终,对家的幸福期盼,更多的是寄托于一张小小的车票,寄托于列车那一个小小的空间。但是,并不是所有的人都能在漫长的排队购票中,拿到那张系着他回家梦的车票。近日,央视新闻连续报道了在广州各地打工的四川农民工,由于连日排队等不到车票,回家的渴望化为泡影,无奈之际,许多农民工驾驶着摩托车,顶着严寒风雪长途返乡,从广州经云南、贵州回到四川。长达两千余千米的漫漫风雨路上,先后有近万名农民工骑着摩托车回家过年。从电视画面中我们可以清晰地看到,一条宽阔的国道上,乌云低垂,朔风严寒，农民工的摩托车队疾驶在茫茫风雪中，国道上长长的摩龙驶向远方，他们或两人一骑或单骑奔波在瑟瑟疾风中……此种情形不禁让人感到心酸。

如何才能让回家的脚步更快一些，如何才能让人们体面地回家？面对高速发展并屹立于世界之林的我们这个中华大国，十几亿人口在不断加强国力建设，大量农民工从天南地北拥入城市，为城市建设献身献力……当城市美了，人民幸福了，愿人人都能拿到那张系着回家梦的车票。

2012 年 1 月 21 日

散文

风雨彩云归

（一）夏日

  人生如梦，岁月蹉跎！生活往往让人捉摸不透它的真谛：它让有的人永远富有，代代不衰；让有的人一落千丈，永难翻身。这种富者愈富，穷人越穷的两极分化，硬是让人久久无法理解其中的奥秘所在——彩云姐遭遇的变故就是这样一个让所有认识她的朋友都感到无法理解的酸楚故事！

  夏日的一天，我接到一个从省城西安打来的电话，话筒里传来的声音让我惊讶不已："彩云姐？"我不敢相信自己的耳朵！多年不见，这熟悉而又陌生的声音一时让我激动难平！仔细再听，真的是她，彩云姐！电话里她告诉我，过几天她要回延安了，同时来看看我……

  放下电话，我心里久久无法平静，屈指算来，彩云姐离开延安已有二十多年了。这么多年她杳无音信，我一直联系不上，没想到今天终于有了她的消息，而且马上就要回来了，怎能不叫人欣喜若狂呢！

  认识彩云姐是二十多年前的事了。那时，她二十五六岁，在一家公关公司担任业务经理。她桃花一样的脸颊常泛着迷人的红晕，细腻白皙的皮肤散发着淡淡的清香，一双灵动透亮的眼睛摄人心神，双眉深黛，身材婀娜，丰满起伏的躯体上张扬着女性的青春芳华与美丽韵味。特别是她工作能力极强，待人温和，和大家相处融洽，人们都习惯亲切称她"彩云姐"。那时，她所在的那家公司主要搞公关人员培训和推广，当时"公关"尚是一个时兴名词，很受青睐，因而公司业务发展很红火，彩云姐也因此而成为圈内名人。曾经，她是许多人特别是男性羡慕和追求的偶像。

那时，我在一家公司分管宣传与外联业务，与她联系较多，几乎是朝夕相处，时间久了我们便成了无话不谈、喜怒与共的朋友。她长我几岁，我也时常叫她彩云姐。就这样，我们在一起相处了六年，六年中我时常受到她的关照与帮助——我们认识时我刚结婚两年多，我家只我一人上班，每月仅靠几十元工资养活老婆和孩子，日子过得捉襟见肘，常常因为月底交不上三十元的房租而愁眉苦脸、四处央求。彩云姐的老公是做水泥销售生意的，经济收入相当可观，了解我的情况后，彩云姐每月总要资助我一些钱，时间久了我便欠了她近千元的债，因此，我时常因感到羞愧与内疚而无法面对她……后来，她的公司业务发展到省城，公司也搬到了西安。我因为忙，时常奔波在求生安身的辛苦中，很少去西安，即使去了，也因为无法给她还钱而没有去找过她，只听常去西安出差的朋友说彩云姐生意做大了，在西安买了宅子，儿子和女儿也都上了大学，彩云姐自己还买了一辆豪华轿车，日子过得已超过小康水平。每当听到这些，我只能暗暗在心里为她高兴，并祈祷她永远幸福！此后，在很长时间里我们再没有联系，也没有了她的音讯……

没想到在失去联系多年后的今天，突然接到她的电话，而且她马上要来看望我了，我一时竟不知道是兴奋还是期盼，心里久久难以平静——不知彩云姐现在怎样了？是否过得还好？我一边在脑海回忆着当年那段朝夕相处的难忘岁月,一边迫切等待着分别多年后的相见时刻,并思谋着等她回延安后如何好好招待她:带她看看家乡这么多年翻天覆地的变化,和朋友一起带她去吃最丰盛的大餐和地方风味,尽自己所能去弥补和感恩当年欠下的那份纯真的关爱和友情。

(二)秋日

　　日子一天一天过去,一直没有收到彩云姐的消息,我想她可能是忙得抽不出空来,所以我还是每天忙活自己的工作,早出晚归,终日在劳碌喧嚣中煎熬着。

　　秋天的一天下午,我刚上班,电话突然响了起来,接起一听,是彩云姐打来的。我顿时眼睛一亮,兴奋地问:"彩云姐,你在哪里?""延安,刚到。"话筒里传来彩云姐疲惫的声音,"我住在火车站附近的一个招待所里,你下班后来见我,多年没见了,叙叙旧吧。"

　　"怎么,你住在火车站?招待所?为什么住在那儿呢?"我诧异地问道。

　　"唉,勉强住一宿就行了,再说这几年也习惯了……你过来再说吧。"彩云姐语气无奈地挂了电话。从电话中,我隐约感觉到她似乎有什么紧要的事要跟我说,最明显的感觉是她的话音沙哑而纠结,语气中带着忧伤和彷徨。我的心忽地一颤,彩云姐怎么了?以前她是从不住招待所的,多年没回延安了,怎么住在招待所呢……一种不祥的疑惑涌入我的脑际。

　　我顾不得多想,安排了手头工作,急匆匆向火车站赶去。

天空忽然刮起了大风,霎时乌云低垂,天色灰蒙,紧接着下起了大雨。火车站广场上平日热闹喧嚣的景象没有了,往来穿梭的人群也稀少了很多,只能看见天空倾倒下的雨冲刷着水泥地面。大风挟带着雨点拍打着我的脸庞,我感到像是走进了一个清冷的世界。

我进了火车站铁城招待所,在二楼长长的过道拐弯处,找到了彩云姐住的客房。敲开房门,眼前的情景令我傻了眼:门口站着一位清瘦黝黑的中年妇女,面带苦笑,表情呆滞。

彩云姐让我进房坐下,然后递给我一杯水,不紧不慢地说:"先喝口水吧。"听声音是彩云姐,怎么看人却不像呀!眼前的人与我记忆中的彩云姐判若两人。我满脸疑惑地坐在房间的小沙发上,目光环视了一下这个约有十平方米的低矮、狭小、拥挤的小客房,然后上下仔细打量着眼前这位让我感动、让我难忘、让我期盼了二十多年的熟悉又似乎很陌生的彩云姐,她如今面色憔悴,目光黯淡,表情木然,清瘦无光的脸部纵横交叉着道道皱纹。彩云姐看着我似乎很激动,却又显得有些尴尬,苦涩、忧郁的眼神似乎诉说着二十多年来的沧桑。

我心里忽然"咯噔"了一下,似乎明白了她为什么选择住在火车站招待所了。她一定遭遇了不幸,她的衣着和表情,乃至身体上每一处细微的状态都在向我传递出一个信号:这不是二十年前那个光彩照人、激情饱满、楚楚动人的彩云姐了。岁月的磨砺,人生的兴衰,人间的冷暖,已把她逼进了如此的境地!

"彩云姐,多年没见了,你过得还好吗?"进门坐定,我一边思忖着眼前的一幕,一边迫切地问道。

散　文

　　"唉，这么多年……怎么说呢……"彩云姐支支吾吾，欲言又止，向我坐的沙发边挪了挪，"也许命该如此。"她停了停，突然话题一转："不说那些了，我许久没回延安了，很想回来看看，也想看看你，你这么多年生活得还好吧？"

　　我明显感觉到她在努力转移话题，似乎生怕我发现什么。我心里阵阵难受："彩云姐，我一切都好，真的都好！"我岔开了话题："姐夫他还好吗？孩子大学毕业了吗？……"我一连问了许多，力求知道多年来有关她和她的家庭、事业等方面更多的信息。也许我的追问勾起了她的回忆，彩云姐突然很激动，似乎也很伤感，在我的再三盘问下，她终于向我诉说起了分别后这二十年的故事——

　　二十年前，她的公司搬迁到了省城，经济效益非常显著，不久她就在西安买了车，买了房，还建起了别墅。她的两个孩子也都分别考上了名牌大学，丈夫的水泥生意也做得非常好。和在延安时相比，她的事业与人生价值得到了最大程度的展现！彩云姐倍感人生美妙、爱情甜蜜、生活幸福。然而好景不长，那一年春夏交替时，她丈夫的水泥生意做得红红火火，由于都市大开发，建筑工地水泥供不应求，价格也一路上涨。她丈夫为了借机赚更多钱，贷了200万元的款，从周围许多水泥经销商手里订购大量水泥，分别送到各个建筑工地。不料，两个月后，有几个建筑施工队把她丈夫告到了法院，原来经质检部门检测，她丈夫从经销商手里订购的水泥全是劣质产品。好几个施工队要求赔偿损失，她丈夫因此蒙受了巨大损失，公司也因此破产。彩云姐无奈，只好将自己的别墅和公司股权变卖了。此后，彩云姐家道一落千丈，元气大伤。祸不单行，彩云姐刚参加工作不久的女儿开车出了车祸，女儿被送进医院抢救，十多天昏迷不醒，后因救治无效不幸死亡。女儿的那辆崭新的豪华小轿车当场报废。经交通部门认定，肇事责任在女儿单方，所有经济损失全由彩云姐一方承担。面对如此大的变故，彩云姐心里承受了常人难以承受的打击和压力，她不得不变卖了家里所有能换钱的东西，倾全力了结这件悲惨大事！随后，她的丈夫无法面对事业惨遭失败的现实，精神遭受到严重打击，终日郁郁寡欢，借酒浇愁，时常像疯子一样流落街头，最后离家出走，杳无音信。

听完彩云姐的倾诉，我心里起伏不平。我为彩云姐波折的命运深感惋惜，而更多的是无奈！

我一边压抑着心中的感伤，一边尽力安慰彩云姐，设想着带她在市内几个旅游景点走走，以此来慰藉她那饱经风霜的心灵，帮她淡化那段刻骨铭心的创伤，开始新的生活。

在我的精心安排下，彩云姐在延安逗留了七八天。我带她吃遍了当地有名的各种小吃，参观了市政建设和部分新区，力求通过家乡这些年的巨大变化找回她对延安的美好记忆。几天下来，彩云姐心情似乎好了许多，看到她紧锁的双眉终于舒展了些许，我的心情也放松了一点。

彩云姐从农村走入都市，带着理想与追求，在城市里编织着自己的梦想，打拼属于自己的人生天地。她曾经辉煌过，富有过，可最终无法与命运抗衡。

不要对人生抱有过高期望，否则你会变得不快乐。如梦的浮生原本就恨长愉短，真正的快乐有时却藏在平凡的心境背后。品味这段话，我余韵难尽。可面对纷繁的世界、残酷的现实，我们

散 文

每个人都不可能独善其身，难道这是彩云姐一个人的错吗？
下一个彩云姐又将会是谁呢？我不敢多想……

2012年8月16日

叶子，你让我激动更让我忐忑

茶馆里，朋友幽幽地对我诉说他失恋后的痛苦：

天阴沉沉的。夜幕降临，茶馆里喝茶的人陆续离开。我坐在茶馆临窗的一个卡座上，静静地品着那壶已被开水冲泡了多次而明显味道寡淡的龙井，已经喝不出茶味了，可我却依然不想离开——其实，到茶馆喝茶，有的人是谈事，有的人是会友，有的人是玩乐，有的人是消遣，有的人是品味人生——喝的不是茶，而是情。

果真是"茶为花博士，酒是色媒人"吗？

我的心里五味杂陈，既像漂浮在茶水上的茶叶，又像沉落在茶杯底的茶梗，亦像在茶杯中上下浮动的毛尖。

万家灯火通明，可我看不清城市的面孔，只看见满街游动的车灯扫视着清冷的街面，刚滑过去几道光，又照过来几束光，水泥路面被来来去去的灯光照得斑驳杂乱。

就在这时，叶子打来了电话，她喝醉了，话筒里传来她醉意缠绵的声音。她说她非常想我，又无法和我待在一起，她很寂寞，耐不住空闲，就和几个朋友一起去喝酒了。朋友大都是她的同学，有男有女，他们一起喝了许多酒，她感到自己完全醉了，别人都去唱歌跳舞了，她却想我，就给我打了电话……

听着叶子的诉说，我心头突然一震，心里霎时有了平时少有

散　文

的幸福感！"啊，叶子！是叶子！"从电话中传来的缠绵女音伴着电流声触动着我浮躁难安的神经，我一时兴奋不已——一个醉了酒的女人在酒精的麻痹下依然清楚记得给我打电话，这怎能叫我不兴奋呢！我将话筒紧紧贴在耳畔，似乎这样就能听到她柔和的语气下内心的火热。

"哥，你现在在干吗？你还好吗？"叶子的问候像燃烧的酒精，顷刻迸发出火辣的热流，让我周身盈满了温暖！"我想你了，非常想！你想我不？"面对她带着醉意的撒娇与追问，我竟然不知说什么好，心里许多要说的话这时却不知怎么去说。

"快说呀——"话筒里传来了叶子急促的追问声，"你怎么不说话呀？快呀！我在歌厅楼道里给你打电话，想听听你的声音……更想听你说你爱我……说话呀！"

"哦，我……我……"我支支吾吾了好大一阵，最终没有说出一句完整的话，内心感到无奈、内疚……

叶子是我的女友，我与她认识只有半年时间，但她却牢牢印在我的心灵深处——无论我经历了什么样的坎坷与艰难，遇到了什么样的喜悦与兴奋；无论我快乐还是沉默，孤独还是幸福，我都会想到她，她已满满地占据了我的内心世界。下雨了，我会想她有没有带伞；吃饭时，我会想她吃了没有；天黑了，我会想她回家了没有；自己感冒了，我会想她是不是也会感冒；坐在有司机驾驶的车上，我会想她一个人驾驶着车是否安全……可以说，无论忙碌还是闲暇，我都会想到她，对她我似乎有给不完的挂念与关心！

叶子是一个文静而有个性的女人，思想和内涵、品德与修养都是我认识女性中最出众的。她相貌温和柔善，眉宇间充满睿智与坚定，落落大方又不失妩媚，虽不是相貌特别突出的那种，但是有让我心动并刻骨难忘的优点。她总是那么矜持与平静、内刚而外秀，总留给人难忘而期盼的念想……

我们的相遇，没有浪漫朦胧、海誓山盟，但却让我相信是缘分与天意撮合，相信我们会地久天长！一次，我感冒了，躺在床上一整天昏昏入睡，吃了一些感冒药也没有见效，高烧不退。傍晚时分叶子来看我，发现后非常着急，她立即跑到楼下医务室叫来了医生，先是吃药，后是打针，送走医生之后，她把我的头放在她腿上，让我面朝她侧躺，然后双手在我额头缓慢按揉，以此减轻我的痛苦。我像一个孩子紧紧依偎在她身旁，屏息中听到她轻柔而有节奏的推拿声中伴着微微的呼吸声，我像儿时置身于母亲怀抱享受温暖时那样幸福地闭上双眼，尽情地感受这美妙与快乐，忘记了感冒，忘记了痛苦，甚至觉得感冒真好！

我从睡梦中苏醒，才发现天色已经大亮，叶子正依偎在我身旁，静静地注视着我。床边放着几本书和一些小食品，看来她一夜没有睡。我一时不知说什么好，只感觉眼眶里溢满了温热的泪。

那一夜，她治好了我的感冒；那一夜，我觉得感冒竟然如此美好；那一夜，让我回味了许久许久。

从此以后，叶子这个善良、温柔、充满爱与责任感的女人走进了我的内心世界。后来，我们的关系越来越近，对互相的感觉也越来越好。每天早上起床后，我先给她打个电话，早饭后又打个电话，上班工作空隙还是打电话，下班后依然电话不断，甚至在夜深人静的时候也通过电话彼此安慰、问候。渐渐地，我们对彼此都有了依赖，难舍难分的依赖。

突然有一天，我正在忙，手机响了起来，拿起一接是叶子的

散　文

电话:"哥!我又喝酒了,几个人喝了几瓶白酒,五十二度的,我醉了……"

天哪,她怎么又醉了!

"叶子,你怎么了,怎么又喝酒啦?醉得厉害吗?"我急切切问她。"你在哪里呀?"我一边着急地询问一边埋怨,"怎么老是喝酒呀?"

"呵呵,我不知怎的,就想喝了,想让自己醉了……"叶子支支吾吾的醉话中似乎想刻意说明什么,"你天天忙,又不在身边……我,我……我没有时间等你了……"话筒那边叶子语无伦次地唠叨着,旁边隐隐约约传来杂乱的音乐喧嚣声,夹杂着嬉闹的声音时近时远……我的头突然嗡的一声,像是炸雷击在头顶,脑子里瞬间空白一片,不知所措。

"叶子,你怎么了呀,你究竟怎么了?"我一边尽力控制着自己的情绪,一边用力紧握话筒,"喂,喂,喂!"我声嘶力竭地喊着叶子的名字,话筒里只听到叶子的呢喃声和周围的欢笑声……我的心霎时像被针刺了一样,酸麻刺痛,恐慌起伏,一种说不出的滋味顷刻涌满全身,任凭我对着手机话筒如何呼叫,电话另一端已经没有了反应——她关机了。

那一夜,我失眠了。我睁大双眼望着屋顶那盏耀眼的吊灯,心里却充满了恐慌与迷茫……

我怎么了?叶子怎么了?我力求动用大脑里每一个细胞,企图找到一个解开我迷惑心思的答案,哪怕能捕捉到一个细微的希望……然而,我最终没有找到。我彷徨了!我无奈了!我彻底失望了!

故事讲到最后，朋友已经泣不成声。我想起了白居易《琵琶行》的最后两句，感慨一句："座中泣下谁最多？失恋朋友青衫湿。"

朋友呼告："叶子啊，叶子！你的出现，让我激动，让我希望，让我幸福，更让我忐忑、痛苦！"

朋友问我："这个世界，还会让我看到希望与幸福吗？"

我无言以对，只能以文记之。

2013 年 6 月 23 日

叶子的归宿

秋天过后,大地一片沉寂,天气开始变冷。庄户人家收拾完地里的庄稼,颗粒归仓,便开始收拾地里的秸秆,整理地间田埂,此时,土地上这一年的劳作才算结束了。

许多朋友问我,叶子去哪里了?我回答说:"叶子已随风而去。"叶子的命运,注定随风而落。

我说的叶子,既不是名贵树木的叶子,也不是常青树的叶子,而是普通的落叶树的叶子——北方宽叶的或是圆叶的落叶树的叶子。

叶子生长在树枝上,它不是"那泰山顶上一青松",不可能"挺然屹立傲苍穹。八千里风暴吹不倒,九千个雷霆也难轰。烈日喷炎晒不死,严寒冰雪郁郁葱葱"。

叶子,根本无法改变自己的宿命。

陪伴树木走过春夏与暖秋的叶子,进入深秋,必然"草拂之而色变,木遭之而叶脱"。

叶子,不得不随风飘向一个它也无法知道的地方,任凭命运安排。赤裸的大树,挺然屹立面对严寒和朔风,眼看着叶子的飘零。

大树无语,人可发声。我搜肠刮肚,觉得还是欧阳修《秋声赋》中说得好:"嗟乎!草木无情,有时飘零。人为动物,惟物之灵;百忧感其心,万事劳其形;有动于中,必摇其精。而况思其力之所不及,忧其智之所不能;宜其渥然丹者为槁木,黟然黑者为星星。

奈何以非金石之质，欲与草木而争荣？念谁为之戕贼，亦何恨乎秋声！"

大树挺过残酷无情的严冬，迎来了春天。当春暖花开之后，树枝上又长满了郁郁葱葱的枝叶，先前那些叶子已经没有了踪影，它们淹没在滚滚的尘埃中，而大树新长的叶子却充满鲜活，在阳光雨露下快乐而幸福地依偎在高大挺拔的枝干上，大树又获得了新的绿色。我想起清代诗人曹雪芹在《红楼梦》里写的《南柯子·空挂纤纤缕》："空挂纤纤缕，徒垂络络丝。也难绾系也难羁，一任东西南北各分离。落去君休惜，飞来我自知。莺愁蝶倦晚芳时，纵是明春再见隔年期！"

我以为，对于叶子来说，生命的意义不在于思考如何死去，而在于对未来充满憧憬和希望，并为之执着坚守。叶子放弃了未来，我为叶子感到无限遗憾！

起初，叶子以为树高大而粗壮，是它最好的依靠，况且树也给它承诺，要一生保护它。可是当风雨来临时，坚挺高大的树没有改变叶子被风吹雨打的现实，叶子坚守了很久很久……从春等到秋，从绿变成黄，它看不到未来和希望。

不知是树的不挽留还是风的多情，叶子最终决定随风而行，就这样叶子由北向南，从东到西，一直飘啊飘……直到有一天，叶子遇到了土地，原本想在此稍作歇息，不巧遇到了一场狂风暴雨，打碎了它的安逸，它随风飘落在地上，任凭车轮碾轧，行人踩踏，叶子与土紧紧粘在一起。叶子突然感觉土地的怀抱很温暖很踏实，土地才是它最终的依靠和归宿。从此后，任凭风吹雨打，叶子都与土地紧紧相依……

秋天的一场连阴雨稀稀拉拉地下了几天，紧紧粘住土壤，以

散　文

为会依靠终生的叶子，却被浸泡在积水里。雨水冲刷干净了沾在它身上的污泥，叶子浮出水面。雨晴了，太阳出来了，积水一半蒸发了，一半渗入地下，叶子被晒干了。阵阵秋风吹过，叶子飘到了山坡。想到它与土紧密粘连，相依相偎的安然幸福又被雨水淹没，被秋风吹散，它突然发现命运居然没有给它赋予过真正的幸福与快乐。它沮丧地飘落在山坡上，无望地凝视着茫茫天宇，不知何处才是归宿。冬天来临了，凛冽的西北风呼啸着肆虐大地，叶子被一股狂风卷起，猛烈地抛向天空，淹没在滚滚红尘中。从此，叶子便飘荡于天宇尘埃中，寻觅于茫茫天地间，祈生于来世之梦。

随着岁月流逝，渐渐地，渐渐地，人们已经遗忘了飘零的叶子的存在。冬去春来，花开花落。林黛玉想不开，那是太重情；豁达人想得开，那是看得透。"山重水复疑无路，柳暗花明又一村。""野火烧不尽，春风吹又生。"

愿好人吉祥！

2013 年 10 月 23 日

今天,我们迎接春天!

甲午年春节的钟声已经敲响,时光的车轮驶进了2014年2月4日,立春如期而至。

在这一刻,我们已经感受到了春天的气息,这是我们的春天,这是所有辛勤劳动人的春天,这更是万物的春天!

今天,我们相约在这里,享受春天带给我们的希望与欢乐。

今天,我们相聚在这里,享受缘分与真情带给我们的幸福与温馨。

今天,我们把最热烈的掌声送给春天,欢迎春天的到来,感激春天带给我们生机与希望。我们也把掌声送给自己,因为我们将要在甲午年的春天里编织梦想、播种希望、耕耘未来、收获硕果、再创辉煌!

这一刻,我们回首过往,将感恩铭记于心:

感谢自己,在过去的一年里,辛勤耕耘,刻苦努力,不断进取,有勇气不断突破,成为最好的自己!

感谢坎坷,在过去的一年里,让我们磨砺意志,学会坚持,循序渐进,越过一道道坎坷走向成功!

感谢家人,在过去一年里的支持陪伴,他们早起晚睡,默默奉献,筑起我们心中最温暖的港湾,让劳累的我们停泊歇息!

感谢朋友,在过去的一年里,鼓励帮助,循循引导,关心支持,用无私友情滋润我们善良与责任感满满的心扉,让我们在前进路上不忘爱与责任!

在过去的一年里,我们犹如一艘乘风破浪的航船,停停靠靠,不断寻找最美的自己!

在过去的一年里,我们勤勤恳恳,任劳任怨,努力体现自我价值!

今天,我们迎接春天,满怀豪情,敞开心扉,迎接新的希望:

在新的一年里,我们将再接再厉,用勤劳和智慧浇灌我们丰收的硕果!

在新的一年里,我们相互帮助,憧憬美好,放飞梦想,共同绘制更新更美的蓝图:我们拥有追求和梦想,在新一年的沃土上播下生机的种子;我们懂得努力和坚持,这颗种子就拥有了破土而出的力量;我们勤于奋斗与拼搏,便能欣赏到那朵最美丽的花!

时光飞逝,岁月如梭,让我们举杯同庆,共同祝愿:新的一年,我们最美好!新的一年,我们更辉煌!

2014 年 2 月 4 日

清明时节

温暖的杨柳风吹走了一个严寒冬天，吹来了一个清亮的世界和多姿多彩的春天！清明节到了，太阳脱下罩在身上的冰冷外套，散发出柔和得让人顿感温暖的光芒，空气似乎也受了感染而变得温和惬意。山野间干枯的树木与野草带着细嫩的绿芽露出了笑脸，散发出春的活力，整个世界一时弥漫着春的气息，春天来啦！

"清明时节雨纷纷。"一场及时雨浸透了久旱的山川大地，田野里散发着芳香的泥土味，城市的尘埃与喧嚣也随着这场绵绵细雨洗涤尽去，一个清晰明亮的世界像换了新装一样呈现在人们面前。

太阳出来了，络绎不绝的人流像潮水般涌上大街小巷，晒晒暖暖阳光，吸吸新鲜空气。大小车辆争先恐后地穿梭在小城闹区，人车交织，往复不息，给这个城市增添了无比的热闹与繁荣。宝塔山下，延河之滨，新建的人造湖由北向南转90度直角向东缓流而过，延河终于久违地露出了往日的水漫情怀，彰显出了水映宝塔、灵气环绕的魅力风采！

大街上，打扮入时的少女少妇们在春风吹拂下像刚绽放的桃花一样，花枝招展，姿态婀娜，在街上尽情地游玩着，擦肩而过，淡淡的芳香混合着春的气息扑面沁心，弥漫在熙熙攘攘的闹市之中。

山坡上，盛开的山桃花、杏花和不知名的野花，粉红的、洁

散　文

白的、淡黄的，美了山山洼洼，香了川川沟沟，一派春意盎然、生机勃勃的景象。

"清明前后，种瓜点豆。"农民们种下了种子，工人们绘出了蓝图，各行各业焕发了精神——播下希望，期盼丰收！

"春种一粒粟，秋收万颗子。"陕北人祖祖辈辈在黄土地上播种着人生的希望，收获着生活的酸楚与幸福，延续着生生不息的期盼！

2014 年 4 月 5 日

南道德中学的 1985

亲爱的同学们：

那一年，咱们怀揣着纯真的童心，抱着对未来的美好憧憬，走出大山，走出乡村，走出那个虽然很贫穷但令人不舍的温暖小家，背负起沉甸甸的理想与追求，相聚南道德中学，开启了从少年迈向青年时代这样一个人生重大转折。

那一年，是1985年！

咱们啊，是八五级同学！

1985年，咱们风华正茂，血气方刚，澎湃的胸膛中孕育着发奋学习、立志报国的伟大理想；1985年，尊重知识、尊重人才、科教兴国的新风尚在全国蔚然成风；1985年，咱们有幸沐浴着祖国"第二个春天"的温暖阳光，踏进南道德中学。

1985年，咱们这群来自不同村子、不同家庭，但怀揣同一理想、同一追求的学子在南道德这块教书育人的土地上寒窗苦读，为梦想积蓄力量！

1985年，很多来自边远山沟的同学还穿着打着补丁的衣服，粮票、布票等票证还是人们赖以寄托幸福的奢望。窝窝头、洋芋蛋、野菜无法填饱饥饿难忍的肚子，贫穷与艰难笼罩着咱们的身心。好在夜幕降临的时候，咱们可以坐在清冷的教室里，点着煤油灯一边自习苦读，一边借着昏暗的灯光苦思冥想，憧憬着美好的明天。

散　文

　　1985年，咱们的校园生活非常甜蜜，同学老师间的师生情谊，给咱们留下了太多的牵挂与思念。在后来走向社会的漫长岁月中，无论咱们身处何方，从事什么工作，都会常常想起南道德中学那段艰苦而难忘的岁月。

　　自1985年开始，咱们三年学习生活中的点点滴滴，如今还历历在目。同学们每一天的刻苦拼搏与努力，每次的成功与喜悦都为咱们留下了美好的记忆！特别要提的是，咱们更应该感谢老师，感谢老师的博爱与谆谆教诲，是老师教给咱们知识，教给咱们做人的道理，教给咱们热爱生活的信念，是老师用心血和汗水为咱们奠定了人生的基础。同时，也应该感谢所有同学，同学之间的相互关心、互相帮助，加深了彼此的深厚友谊和同窗情谊。

　　自1985年开始，咱们苦心孤诣，孜孜以求，在各位敬爱的老师，特别是与咱们朝夕相处的班主任的带领、指导、教育与呵护下，咱们通过勤奋学习，努力上进，完成了初中阶段各门课程，汲取了一定的科学文化知识，初步奠定了依靠知识改变命运、建设家乡、实现自我价值的人生观和价值观。

　　1985年后的时光里，咱们的同学中有的考入大学，成为国家的有用之才，在重要岗位上贡献更大的价值；有的返乡回家，投身到家乡的经济建设和发展中，用学到的知识在农田大显身手，科技创新，发家致富，成为新时代新农村建设的领路人；有的担任农村干部，带领更多村民致富奔小康；有的同学外出到城市打工、做生意，发展新产业，创办企业，成为经济领域中的弄潮儿！

　　日月如梭，岁月飞逝，弹指一挥间！三十多年过去了，咱们从青少年步入了中年，如今已两鬓斑白，经历了人生的风风雨雨，但我相信无论境遇如何，咱们都会面对生活的磨难永不退缩，都已学会了担当与奋斗。

　　1985年,在咱们的人生中成为定格,成为永恒,成为怀念与魂牵梦绕的记忆!

　　无论世事如何变迁,无论咱们身处何方,咱们一直没有忘本,一直热爱生活,努力打拼,克服困难,创造幸福,用实际行动回报青春、回报母校、回报家乡、回报老师、回报社会!咱们——富县南道德中学八五级的全体同学,青春无悔,人生无悔!

　　难忘的1985年!难忘的八五级同学!

　　南道德中学的1985,铭记在咱们的心中,永远,永远!

2015年11月14日

散文

老家吟

　　老家，是一个让我时时生出希望、期盼和向往的地方。小时候，我在这里憧憬着长大后的美好未来，每天望着蔚蓝的天空和飞翔的鸟儿异想天开，日日期盼着长大后成为一个在社会上有所作为的人。

　　老家，是一个让我痛苦和伤心的地方。小时候贫穷的家境让我在这里承受了饥饿与坎坷的煎熬。虽然家很贫穷，但却给了我生命，给了我温暖，给了我理想与追求。尽管在一路艰难成长与求索中，我经历了常人无法想象的辛酸与痛苦，但也因此获得了收获的喜悦，培养了超人的生存毅力，养成了甘于吃苦的心境，于是便如此地感谢、思念、眷恋着老家。

　　老家，更是我走出家门几十年来一直渴望回去的地方。老家有哺育过我的父母，有儿时管护我、教育我、陪伴我的舅舅，有与我相依相伴的兄弟姐妹，有长眠在祖坟里的祖先，有至今仍时常萦绕在我脑海的记忆。

　　啊，老家，我的老家！这里深深扎着我的根。无论我在人生风雨中有过怎样的拼搏，怎样的求索，怎样的收获、喜悦和幸福，老家都是我无法忘记、不敢忘记、不会忘记的地方！

　　二十五年前，我带着离家的苦楚和对未来的期望离开了老家，告别了这块热恋的故土以及养育我的父母，孤身远行踏上北上之路。从此我依靠孤独与彷徨、苦楚与期望，在喧嚣与浮躁笼罩的市级城市度过了年复一年的春夏秋冬。"回家的打算,时刻在心头",但终因琐事缠身而空对家乡,只能把悠悠的思念和深深的牵挂寄托于夜深人静的遐思和乡情缠绵的梦境之中:身在异乡处,游子思乡急,夜梦归故里,衣锦还乡来!每当夜半梦醒,我的眼角总是挂满了思乡念母的泪珠!

带雨的云随风飘去,我把苦愁藏在心头。

面对艰难坎坷的苦楚人生,我每天奔波穿梭于往来不息的人流中,求生栖身于城市与乡村的边缘角落,在城乡接合部体验着人生的幸福与艰辛,在默默寻找中让生活把自己磨砺、锤炼得愈加成熟坚强。多少年来,无论是烈日酷暑,还是隆冬凛冽、北风刺骨,在岁月蹉跎、日月往复中我已历尽沧桑,然而对老家的无限思念却依然时常牵挂在心头!

啊,老家,我日夜思念的地方!今天,孤独的我在这春风细雨的季节,在这拼搏了多年的城市,带着伤感的心不知要走向何方?蒙蒙天际,茫茫人海,除了老家,哪里还有我可歇身的小站?哪里还能让累了半生的心停靠,静静聆听风儿吹过的声音?

入夜,我拖着疲惫的身子回家,静静地躺在床上,人静,身静,心不静!窗外皓月当空,万籁俱寂,我在心底轻吟着"床前明月光,疑是地上霜。举头望明月,低头思故乡"。浓浓的思绪已随着窗外柔柔的风儿飞去,不知老家是否感觉到游子思归的心飘然而至?

2015 年 11 月 14 日

男人四十

都说男人四十一枝花，在我身边的现实却是男人四十一道坎。

以前，我觉得过了四十岁的男人大多事业有成、思想成熟，可不就是一枝花嘛！

但当我真正和四十岁的男人聊天，才发现他们大部分人每天早上一睁眼就要考虑房贷、孩子的学费、老人的医药费……方方面面都要用钱。所以，挣钱是男人最重要的事儿。可身体呢？四十岁的男人，身体没有以前好了，而身边多了些需要依赖他的人，却没增加他可以依靠的人。这就是中年男人的现实。

男人四十啊，就像分水岭。往后看，是回不去的岁月；往前看，是生活里的柴米油盐酱醋茶。尽管如此，他们也要顶住生活的压力，给老婆孩子最大的幸福。他们不怕辛苦，不畏惧艰难。家人的理解，就是给他们最好的回报。

男人是天，男人是地，男人是天地之间的支撑。

男人是苦，男人是累，男人是家庭幸福的支柱。

男人四十何其艰，一路艰辛永向前！

男人四十何其难，一肩挑起两座山！

为天下所有奋斗的四十岁男人鼓掌点赞！四十岁的男人们，加油！

2022 年 11 月 14 日

邂 逅

  竟然和你在茫茫人海中相遇。

  看见你眼中流露出淡淡的忧伤，却不停步地在穿梭的人流中悄然远去。那时隐时现的背影拖着疲惫不堪的身躯，一步一步消失在无尽的人海中。那一瞬间，一种不可名状的牵挂侵入了我的心房。和你仅有一面之缘，却不知怎么记住了你。从此以后，我开始了漫长的独自思念。

  多少次想再在那人流如织的街头遇到你，却始终再没有那样的机缘……人生总有许多遗憾，握在手里的风筝，也会突然断了线。日子一天天过去，那条街道上南来北往的人流依然不断，却始终无法寻找到你陌生又熟悉的身影！在这个生活了几十年的小城，我们如此靠近又如此遥远。

  你是谁，为何闯入我的心房？又为何，惹得我心里七上八下……

  静静的小河流过一湾又一湾；欢乐的鱼儿游过一波又一波；寂寞的我，应在哪里等待你的出现？

2009 年 3 月 20 日

妻子，我一生的温暖

每个人都有一个家，或贫或富，或在边远山区，或在都市闹区。不论家在哪里，它都是人生路上最安全、最暖心、最幸福的归宿。我的家，虽不富有，但永远是我最牵挂的地方，因为家里有我的爱妻刘晓玲。

这个家，曾经很穷，却激起我发奋努力的决心，并赋予我顽强打拼、刻苦工作、一路向前的坚定信念和努力打造生命光彩的动力。

这个家，很温馨，生活虽然很苦，但爱意满满，给予我前进的力量。虽然支撑这个家生活和发展的是我，但维护家庭温馨与和谐幸福的人则是我那善良、贤惠、甘于吃苦、巧于经营的妻子。

可以说，因为有了妻子，我们这个小家才能开始耕耘、点种、发芽、成长、开花、结果，开启充满期待与幸福的生活。

多年来，我时常忙于各种工作和日常琐事，几乎很少想到与自己朝夕相处、日日相伴的妻子，总觉得她一切安好，甚至认为她所有的为家操劳，相夫教子，为家务劳作的无尽付出都是应该的。突然有一天，她病了，家里一切都不正常了，做饭、洗锅、买菜、打扫卫生，都没有人去做了，甚至连平日里不绝于耳的唠叨声也戛然而止。家，一下子变得清静，失去了温馨和活力。我突然觉察到了妻子的重要！人人都希望自己家庭幸福，身体健康，生活欢愉。妻子和家的存在恰是人生幸福的基础。

早上起床，洗手、洗脸、做饭、洗锅，忙碌了半天家里还是凌乱不堪，狼藉一片。

妻子生病的日子，家简直就不是家。没有唠叨的生活反而让人觉得无聊至极。一个人的世界虽然自由，可以抽烟，可以随意走动，可以自由地满足自己的任何嗜好，却没有任何快乐和幸福的感觉。手忙脚乱地烧饭、择菜、炒菜，总算勉强做好了早餐，赶紧表功似的先让妻子吃。谁知妻子勉强吃了一口我忙了半天炒的土豆丝，却皱着眉头苦笑说没有任何味道，而且土豆丝有些硬。我这才想起菜里忘记放盐，也没有放其他调料，能有味道才怪呢！本想借此表现一下对妻子的关心，却弄巧成拙，自己尴尬了半天。都说女人是水，家里没有女人简直就是"干枯一摊"，连地上、窗台上的花儿因几天没人照料都萎靡不振，干枯一片。突然觉得没有妻子的日子，家似乎变得萧条、冷清、寂静，像一湾汩汩畅流的溪水突然变成一潭枯竭的死水，毫无活力。

想起多年前和妻子新婚后第一次分居的滋味，耐人寻味，令我久久难以忘却！

夜，深沉，漆黑，寂静。

时针已指向零点三十分。我仍然躺在家里的土炕上，辗转反侧，难以入眠。

呻吟，发自心灵深处，似利刀剜心般难受，更如断肠般疼痛……不眠之夜对我来说，已经习以为常了——过去，有多少次，常常为一篇新闻稿件通宵达旦，不知熬过了多少不眠之夜，那时每次通宵都是那么有信心和毅力，当一篇稿件在鸡鸣破晓之时脱稿后，那欣喜之情让人感到欣慰无比。

而这次，同样又是不眠之夜，却不知怎么让人如此难过，如

散文

此不能自已！突然和妻子分开，我顿失心魂！那种无限思恋之情缠绵悠长……心，似乎被她带走了，空荡荡的，恍惚不定，神志模糊，愈是思念，愈加不能自已，久久难以平静……

夜，似乎停滞不动了。尽管我极力暗示自己尽快入睡，并努力闭合双眼，可是，还是翻来覆去睡不着，神思恍惚，就像见鬼了一般。

唉，这该死的黑夜！我暗自咒骂着，却依然驱散不了心底浓浓的思念。无奈，我只好侧头斜视着窗外漆黑的夜空沉思：月有阴晴圆缺，人有悲欢离合。夫妻之间，团圆分别，乃正常之事，何必如此牵肠挂肚，忧愁难眠呢！虽然眼前是漆黑一片，但晨曦与光明正在来的路上。有道是，纵是前路多险阻，总还旭日破朦胧。分离本身不该是痛苦，而应该是寻找未来与幸福的开始。我暗暗为自己加油，试图摆脱心灵上思念的包袱。熬过寒雪腊冬夜，便逢花开艳阳时。

生命中能遇到妻子这样善良、贤惠、温柔、知书达理而又漂亮的女人伴我身边，与我携手一生，是老天爷对我多大的恩赐啊！我一定要珍惜妻子陪伴的日子，过好春夏秋冬每一天，用深深的爱支撑我勤劳和努力挣钱的信念，给她和孩子们打造一个安全幸福的暖心小窝，让她和孩子们在满满的爱与温暖中感受人生的美好和快乐。

2023 年 4 月 1 日

在女儿婚礼上的讲话

各位亲朋好友，女士们，先生们，大家中午好！

今天是我女儿南江远和女婿朱致良结婚的大喜日子，此时此刻，作为父亲，我非常高兴，非常激动，也非常感慨——女儿是我的最爱，也是我们全家人的希望。二十多年来，女儿与我们朝夕相处，亲密无间，我们夫妻视女儿为掌上明珠。女儿在我们的呵护下健康成长，从小学、中学到大学，无不凝聚着我们辛勤的付出与殷切的期望。如今，她已完成了学业，参加了工作，实现了初心，并在茫茫人海中找到了如意郎君。

女儿要出嫁了，作为父亲，我为她高兴，为她祝福！女儿的选择就是我们的选择，女儿的幸福就是我们的幸福。

此时此刻，我要对女婿朱致良说几句话：今天我把我心爱的女儿交给了你，也把我女儿的幸福与快乐、健康与安全交托给了你。希望你能像爱你自己一样去爱她、呵护她，像我一样去宽容她、善待她。人生就是一场寻找爱与幸福的过程，在今后漫长的生活道路上，无论你身在何方，无论你处在什么环境，无论你经历了怎样的艰难与坎坷，取得了怎样的辉煌与成就，我都希望你们俩同心同德，相依相伴，不离不弃，共同进取，努力向前，不断实现你们的人生价值，经营好你们的事业与家庭。在此，我祝福你们新婚快乐，万事如意，白头偕老，幸福一生！

我还要感谢在百忙之中前来参加我女儿、女婿婚礼的各位亲朋好友。大家的光临是对我们全家的最大关爱，更是对这对新人最好的祝福！请大家开怀畅饮，与我们一起共享这欢乐时光！借此机会，祝大家家庭幸福、身体健康、工作顺利、万事如意！

谢谢大家！

2017 年 8 月 23 日

欣 赏

自然篇

散文

弯弯的葫芦河

　　月是故乡明，人是家乡亲。游子思乡，具有移情性，以至于爱屋及乌，我更是。不管是在百花盛开的春天，还是在烈日炎炎的盛夏；无论是在天高云淡的秋季，还是在白雪皑皑的隆冬，他乡的人物、草木，都能勾起我浓浓的思乡之情。那高楼林立、绿树繁茂的市井，那车来人往的繁华都市，虽令人眼花缭乱，却无法抹掉我心中的思乡惆怅。

　　有时，我倚靠着延河大桥的栏杆，俯视蜿蜒东去的延河水，那流水声，那游影，多像我家乡那弯弯的葫芦河。

　　二十多年前的一个春日，年方十九的我，抱着对人生的美好憧憬和追求，孤身一人踏上了北上之路，企图在这高原古城开拓新的人生，干一番自己的事业。

　　临行前，年迈的母亲泪汪汪地看着我走出院外的柴门，几个与我同岁的伙伴簇拥着我走过堆满石块瓦砾、长满杂草野花的小道，在村口的小石桥上与我道别。我们相互对望着，心中默默在为对方祈愿。小桥下，葫芦河水静静地流着，低低地发出哀哀的汩汩声。几只戏水的青蛙趴在岸边芦苇下，鼓着大肚皮，瞪着圆圆的大眼睛屏息静气，似乎在偷听我们分手时的悄悄话。河水是青蓝色的，清澈得可以窥见河底的鱼。

　　站在桥头上，望着缓缓流淌的河水，儿时的琐事又浮现在眼前。小时候每年到四五月，河岸边都会长满鲜嫩的鱼草。我们一群小孩子放学后便拿着背篓和钩镰到河边捞割鱼草，装满一大筐背回去放在院子里晒干、碾碎，和玉米面、高粱面、米糠之类的拌起来喂猪。那时，庄里人都喂猪，一家一头，有的还喂两三头，春夏时猪饲料的主要来源就是这一簇一簇河边的鱼草了。来河边割草便是孩子们放学后的主要事务了。有时，小伙伴们还弄来几根长竹竿，拴上细细的长白线，把针烧红弯成鱼钩，挂上鱼饵甩在河里钓鱼。

说起钓鱼，那情景可有趣啦！在河水流动极缓的地方，上好鱼饵，把钓饵用力甩到河中间水深处，手攥好竿尾，然后静静地蹲下来耐心等待鱼儿上钩。钓鱼时不能说话，怕惊动鱼儿，要凝神静气，一动不动。等待的时间里，不习惯的人会感到有些难熬，可一想到马上就可能有一条大鱼上钩，又感到信心百倍。

"哥哥！"就在我沉浸在儿时的梦幻时，河那边熟悉的叫喊声打断了我的思绪。只见满头大汗的弟弟喘着粗气向我跑来："妈妈说，这是你最爱吃的螃蟹，油炸好的，让你带着路上吃。"说着便把一大袋用塑料布包得严严实实的油炸螃蟹塞到我的手中。瞬间，我感到内心一股强大的热流在涌动，泪水又一次盈满了眼眶。小桥下，河水依旧静静地流着，悠悠然然。我双手抱紧装螃蟹的塑料袋，向着河那边的母亲以及这条养育了我的葫芦河深鞠一躬。再见了，我的娘亲！再见了，弯弯曲曲的葫芦河！

花开花落，云消日去，一晃许多年过去了，在这遥远的古城之域，我依然孤独彷徨，重复着冬去春来，几次想回家看一看葫芦河的河水，摸一摸母亲刻满风霜的额头，拉一拉父亲长满老茧的大手，终因无法脱身而空对故土。

去年中秋节前夕，年迈的母亲让小弟写信给我，说她思儿心切，要我回家过节。母亲的牵挂让我愧疚难安，我立即放下手头的琐事，踏上回乡的旅程。车子驶过县城，沿东南山谷穿行，窗外熟悉的山峦、树林从我眼前掠过。我睁大双眼，任凭汽车颠簸，仔细捕捉着每一个熟悉的、能唤起我儿时记忆的景象。终于，那座熟悉的大山出现了！山脚下，那条弯弯的葫芦河出现了。啊，我日夜思念的家乡，伴随我度过烂漫童年的葫芦河！我终于又看见了你那熟悉的面庞，那偶有波动的河面，倒映着家乡起伏的山峦和茂盛的树林。河边几只雀鸟啾啾嬉闹，河面上半红半绿的倒影如诗似画——好一幅美丽的山乡风景画。

十多年前，这里还是一片荒芜的水滩，年幼的弟弟常哭闹着要我带他到这里捉蝈蝈。如今，这里已是另一番天地了，河西边的平台上，一排排新砌的砖窑洞、平板房，整齐地排列于村子中间。村头那几间破旧的瓦房不见了踪影，取而代之的是一座焕然一新的二层小楼，我知道那是村里的学校。

我无法抑制漂泊已久后归来的急切心绪，让车子停在岸边，便急匆匆地走了下来，站在这条相隔多年才见一面的葫芦河旁。放眼望去，只见弯弯曲曲的葫芦河依旧那么沉静高雅，沿着山脚流过一山又一山，河面依旧荡漾着一波又一波涟漪。而河东岸先前贫瘠光秃的黄土山却一改往日荒凉的窘态，绿树成荫，花草飘香。新栽的果树盘绕在连绵起伏的山梁上，秋风吹过，隐约可见红通通的苹果高挂在枝头。多年不见的儿时伙伴二牛、三娃、大宝等都已成了四十多岁的中年汉子，我估摸着，他们应该领着家人分别在自家果园里摘苹果，收获着丰收的喜悦。

我站在葫芦河岸边，望着缓缓流淌的河水，环视两岸近年来的变化，思绪起伏，沉思良久。令我时时牵挂、记忆犹新的葫芦河啊，我终于又回到了你的身旁，并且看到了你全新的容颜。

  天色将暮，晚风轻拂，站在葫芦河边，我久久不肯离去，朦胧中，河面上仿佛荡起了一叶小舟，那正是游子的心。家乡的葫芦河啊，请带上我的思念之情，满载赤子的笑脸，汇入祖国壮阔的江海河流！

2011 年 2 月 19 日

上海日记

2011 年 8 月 21 日：走进上海

把心灵的大门打开，用心细细地去发现、去观察、去聆听，你就会发现这个世界的美丽与伟大，同时也能感觉到人世间的温暖与沧桑。

酷夏时节，正是阳光最炙热的时候，南方城市全都笼罩在蒸笼里，我却应朋友之邀饶有兴趣地踏上了前往上海的旅途，去感受南方的高温、火辣和上海这个国际大都市的繁华与喧嚣、先进与浮躁。

上海是中国联结世界的桥梁和纽带。近代的洋火、洋糖、洋布、洋瓷器等西方洋货漂洋过海来到这里，而后流入华夏大地的城市与乡村。

儿时，我从电影、小人儿书、报纸上感知上海；中学时，我从地理、历史课上了解上海。

在朋友的催促下，我终于下定决心在烦琐事务之中抽身，于 8 月 21 日 13 点 25 分，坐上了延安直达上海的 K559 次列车。

K559 次列车在烈日暴晒下拖着长长的身躯，不知疲倦地疾驰在由北向南、由西向东、由西北向东南的铁轨上。坐在吹着凉爽冷风的空调车厢内，隔窗观望着列车外的山川、河流、田野，坐地日行千余里，欣赏沿途美丽的自然景色和繁华的城市风景，我不由得想起伟人的诗句，"江山如此多娇"。

K559 次列车十八个小时跑了近两千千米，缓缓地驶入上海火车站。到达上海，正值午时，火辣辣的太阳高挂头顶，炙热的光芒如火烤一般，在三十五摄氏度的高温下，我们走出上海火车站，坐上出租车去目的地。在出租车里，我盯着窗外，努力寻找这个让许多人向往、追逐的世界级大城市的诱惑力所在。

　　走在上海闹市区，置身于楼海、人海、车海，处处繁华，处处热闹。

　　站在黄浦江畔，望着一波推着一波的江水和往来穿梭的轮船，我深思良久：历史的车轮正以强劲的动力推动着时代向前发展，回顾昨天，展望未来，伟大的中华民族不负使命，战胜了一个又一个艰难险阻！

　　面对生机勃勃的上海，我由衷感叹：上海，我祝福你！祖国，我祝福你！

2011年8月22日：夜上海

　　上海的夜晚，灯火如昼。可以说，上海没有黑夜，是一座不眠的都市——夜上海，更加迷人。

　　匆匆吃过晚饭后，已是晚上七点多，我和朋友走出酒店，去看上海的夜景。

　　我们步行到南京路最繁华的步行街上，一睹传说中美丽多姿的夜上海。

　　晚风伴着扑面的热浪袭来，让人感到闷热难熬，虽然没有了中午太阳火辣的灼热感，但空气依然闷热潮湿，身上渗出汗水后的黏腻，不亚于在桑拿房里蒸身的难受。疲惫的双腿支撑着身躯行走在南京路灯火通明的夜色中。街上挤满了行人，在耀眼的霓虹灯与路灯交织的衬托下，上海显得异常光彩照人。满城通明，亮如白昼。

我们坐上游览观光车，穿过老城闹市直达黄浦江外滩，途经上海国际饭店、百货大楼、上海城市规划馆、城隍庙、人民广场等著名建筑。这些标志性建筑物沿外滩矗立，在五光十色的夜灯的照射下显得耀眼而辉煌。高耸的东方明珠更像一盏照亮上海的巨大灯塔，这座高达四百六十八米的高塔耸立在黄浦江畔，给美丽多彩的上海锦上添花！

外滩的江面、长堤、绿带和万国建筑物所构成的街景，是上海城市的象征，展现了上海特有的都市风光。

霓虹灯下，街面明亮清洁，映出行人长短不齐的影子。游人在动，影子也在动。熙熙攘攘的游客中有肤色各异的外国游客，他们或走马观花，或欣赏夜景，成为南京路上一道亮丽的风景线。

一个城市的浪漫往往体现在夜晚，华灯璀璨，明月高悬，几多神秘，几多风采！

上海美，上海的夜景更美。

上海之夜，令我心动，令我难忘！

今夜，我在上海放飞梦想；他日，再约好友，再次欣赏夜上海！

2011年8月23日：雨中上海

周末，上海下起了大雨。

没有风，只有猛烈的雨点从高空骤然落下。顿时，蒸笼般的闷热感消失了，整个城市像沐浴一样在净化自己。

街面上，雨水溅起水珠，水珠激起水泡，水泡裂成水花。干净的街面在雨中像一面明亮的镜子，倒映着这个美丽城市的华贵面容。

黄浦江上，游轮依然在宽阔的水面上穿梭，大雨并没有影响游轮上游人的雅兴，他们依然忙于观景、拍照。江面上，雨水激起的点点水花，散开后形成一圈一圈的涟漪——雨中的黄浦江多了几分柔情和妩媚。

外滩上，游人撑着不同颜色的雨伞游览，东方明珠在雨中俯视着外滩的车流、人流。那些蓝眼睛、高鼻子的外国友人似乎更迷恋于雨中游览，他们好奇地眨着眼睛，欣赏着雨中上海的景色，感受着雨中上海的韵味。

南京路上，酒店、商场的门面上挂满了各色各样的广告牌，艳丽的闪光的字符彰显着大上海多姿的魅力！大小商店拥满了人，显得更加热闹。街道两旁高矗的楼房更加清新、干净、美丽。大雨荡涤了尘污，洗刷了城市，给燥热的上海带来了清爽。各色雨伞、各色车辆依然在流动——雨中的上海，满是诗情画意：雨是奇妙的，滴滴答答的声音像一首美妙的乐章；雨是自然的，不需要人为的炒作、修饰，只需要你静心地、仔细地享受，享受雨，享受雨中的景色，享受雨中的人物，享受雨中的空气，享受雨中的人生！

2011年8月24日：沉思南京路

在上海逗留的几天里，去的最多是南京路。这可能是"南京路上好八连"对我影响比较深的缘故吧，白天去、晚上去、天晴去，下雨也去。

南京东路直通著名的景点外滩，可以看到黄浦江外滩全景，钟楼和东方明珠、金茂大厦、国际环球金融中心等。

上海市的南京路是上海市开埠后最早建立的一条商业街。

上海的历史不长，南京路的历史当然也不长。南京东路东起外滩中山东一路，西至西藏中路，全长一千五百九十九米。其中河南中路以西部分为步行街，一直以来被誉为中华商业第一街，素有"十里南京路，一个步行街"的称号，路旁遍布着各种上海老字号商店及商城。每到节假日，这里总是人头攒动，一片热闹繁华之景象。

南京路起源于1851年的"花园弄"。据说，外国人在上海居住下来之后，怀念西方生活，想找个地方跑马。他们选中了外滩西边一条五百多米长的田间小路，随着跑马次数增多，那条小路越踏越平，路面越踏越宽。据说，起先这条小路并没有名字，因为常常见外国人跑马，中国老百姓便称这条跑道为"马路"。1854年，"马路"延伸到浙江路，俗称大马路。1862年，上海跑马场股东重新修建了一条经过新公园及跑马场的大路，这条路是扩修后花园弄的延长。1865年，从外滩至泥城浜这条路被称为南京路（上海的街道，多以中国省份和城市命名）。1908年5月，南京路段通行有轨电车。1945年，第二次世界大战结束，租界被废除，民国政府将南京路分成南京东路与南京西路。1953年，南京东路拆除有轨电车轨道，重新铺设了路面，改为柏油路面。

风夹杂着半空飘落下来的雨点，冲刷着我的面颊，我立在大雨中，没有打伞，任凭风吹雨打。

雨后的上海，分外妖娆。

美丽的上海，我还会再来！

2011年8月29日

天堂般的鄂尔多斯

  阳光下的鄂尔多斯高原，广袤、厚重、美丽！置身其中，人会生出愉悦的心情与万般留恋的感觉，总想把连日来悠悠的思念和热烈的拥抱留在这蒙汉相融的坡塬地带。壮观的草原，美丽的天堂，燥热的心跳，难忘的路途，这一刻，成了我永久的记忆！

"蓝蓝的天上白云飘
白云下面马儿跑
挥动鞭儿响四方
百鸟齐飞翔
……"

"蓝蓝的天空
清清的湖水
绿绿的草原
这是我的家
我爱你 我的家
我的家 我的天堂
……"

  乌兰图雅《草原上升起不落的太阳》，腾格尔《天堂》，以及凤凰传奇等数不清的歌唱家激情演唱的草原之歌，把各族人民对美好、吉祥、幸福的向往与美丽辽阔的草原联系到一起。于是，天堂般美丽的草原，成了许多人梦寐以求的旅行地。鄂尔多斯，便是人们心中最美的梦想之地。

秋高气爽，艳阳高照，我应朋友之邀，前往内蒙古鄂尔多斯草原游玩，有幸领略了草原的辽阔和鄂尔多斯这座城市的魅力！

鄂尔多斯是内蒙古自治区下辖的一个地级市。

鄂尔多斯，蒙古语意为"众多的宫殿"。

鄂尔多斯地区历史上有过许多不同的名称。鄂尔多斯地处黄河南岸，因此，秦汉时人们曾称之为"河南地"；秦始皇占据鄂尔多斯地区后，从内地移民，开荒种地，使鄂尔多斯很快富庶起来，可以与秦地媲美，因此，有"新秦中"的美称；鄂尔多斯地区西、北、东三面环水，南与古长城相接，形成一个巨大的套子，因此明代以后这里也被称为"河套"；鄂尔多斯与山西隔河相望，一在河西，一在河东，因此，又被称作"河西"；鄂尔多斯曾是北方游牧民族活动的地方，前后有土方、鬼方、羌方、龙方、熏育、白狄、赤狄、义渠、楼烦、林胡等游牧部落，因此被称作"胡的"；成吉思汗死后，元朝统治者规定了缜密的祭祀成吉思汗"八白室"的活动，把成吉思汗用过的物品安放在八个白室中供奉，由一批专门的护陵人逐渐形成了一个新的蒙古部落——鄂尔多斯部落。据史载，"河套人"在此繁衍生息，创造了著名的古代"鄂尔多斯"文化，史称"河套文化"。鄂尔多斯位于草原之边、大漠之中，丘陵沟壑纵横，坡塬起伏连绵，库布齐沙漠、毛乌素沙漠贯穿腹部，东、西、北三面连接黄河，南与黄土高原相连，构成了中国西北绚丽多彩的壮观版图。

起风了，阳光缓缓流动，风儿揽着阳光的腰肢，在山峁圪梁上、草原上、沙滩上，跳起了曼妙的舞蹈。驱车沿包茂高速一路北上，湛蓝高远的天空一望无际，辽阔的草原像碧绿的锦缎起伏延伸。

公路沿线新建的工业园区、矗立的幢幢楼房与蒙古包交相映衬，铁路在这里延伸了大地之基，高速公路伸向遥远天际握住了白云之手……草地和坡塬相拥，农耕和游牧交会，原始与现代碰撞，这便是吸引世人眼球的鄂尔多斯高原——地球上最原始的古陆地之一。于是，马蹄声声，"河套人"在蒙汉接壤处广袤的坡塬上打拼出一个又一个奇迹，传续着草原人捍卫生命的风采足迹。

湛蓝的天空下，一望无际的草原披着绿莹莹的衣裳，在阳光下显得清新明媚，丝丝凉风吹拂，淡雅的芳香扑鼻而过。站在草原上，放松终日劳碌的疲惫身心；扑进草原里，仿佛置身于美丽快乐的天堂，忘记了自我，忘记了世界，忘记了那些终日因奔波而劳累的纷扰。世界在这里静静变成了无边无际无忧的心海，任凭心儿飞扬……

啊，鄂尔多斯！好美的草原，好美的世界，好美的人间天堂！

2013 年 11 月 13 日

重庆游感

（一）走进重庆：古堡民居的雅致

朋友，让我做你的眼睛，带你一起走进山城。

重庆，简称渝，别称巴渝、山城、渝都、桥都、雾都，1997年6月18日成为直辖市，是国家中心城市、超大城市，是"世界温泉之都"，是长江上游地区经济中心、金融中心和创新中心，政治、文化、科技、教育、艺术等中心，也是中西部水、陆、空型综合交通枢纽。

重庆因嘉陵江古称"渝水"。南宋淳熙十六年（1189）正月，孝宗之子赵惇先封恭王，二月即帝位为宋光宗皇帝，称为"双重喜庆"，遂升恭州为重庆府，重庆由此而得名。

重庆拥有中新（重庆）战略性互联互通示范项目、国家级新区——两江新区、渝新欧国际铁路、重庆两路寸滩保税港区、重庆西永综合保税区、重庆铁路保税物流中心、重庆南彭公路保税物流中心、万州保税物流中心、过境72小时内免签，进口整车、水果、肉类等口岸。

走进重庆你会看见一个与众不同的城市：既有北京、上海的厚重雄伟、大气磅礴，亦有香港、广州的繁花似锦、富丽堂皇，也有江南城市的依山傍水、秀色绵长。特别是这里四季云雾缭绕、柔情弥漫，堪称一绝！

五月的重庆，虽然天气炎热湿闷，但好奇之心还是督促我拖着疲惫的脚步，冒着热浪，踏进位于郊外的古堡民居。仔细看，你就会发现许多平时很难见到的传统民居在这里星罗棋布，屹立于江边与坡洼蜿蜒地带，尽管岁月蹉跎、光阴荏苒，但富贵、高雅、充满内涵的建筑风格依然彰显中国传统文化特色，让人目不暇接，流连忘返。

（二）雨中重庆：朝天门码头的风韵

下午，重庆下起了大雨。没有风，只有笼罩在城市上空的团团云雾，还有猛烈的雨点从高空骤然落下。昨日扑面而来的热浪霎时不见了，城市似乎也安静了许多。

嘉陵江、长江上的游轮依然在宽阔的水面上穿梭。朝天门码头迎雨挺立，襟带两河。

起伏的江面，倒映着朝天门码头厚重雄伟的古建筑和逶迤连绵的群山，水中无数金光闪亮的涟漪更是充满诗情画意。

装扮着五彩缤纷的霓虹灯的观光游艇载着人们在江上行驶。汽笛声呜呜地响着，彰显着山城的青春活力和朝气蓬勃。满天繁星与遍地华灯浑然一体，交相辉映，简直无法比喻它的美。看着这番美丽的景色，我陶醉不已。

重庆的夜景使游人心旷神怡，流连忘返。难怪中外游客纷至沓来，只为一饱眼福。都说"不览夜景，未到重庆"，是啊，我被重庆的美景深深地震撼住了，努力睁大寻觅的双眼环视华灯下的山城重庆。

山城夜景的特色，得益于起伏地势和依山而建的幢幢楼房。

散 文

每当夜色降临，万家灯火高低辉映，如满天星汉，极为瑰丽。

两江环抱，双桥相邻，江中百舸争流，流光溢彩。桥上万紫千红，宛如游龙，动静有别，似不夜之天。初夜时分，以繁华区灯饰群为中心，干道和桥梁华灯为纽带，万家居民灯光为背景，层见叠出，构成一片错落有致、造型多样、远近互衬的灯的海洋。车辆舟船流光，穿梭于茫茫灯海之中，依稀飘来的喇叭、汽笛、欢笑、管弦之声，给山城平添了无限生机。满天繁星似人间灯火，遍地华灯如天河群星，如梦如幻，如诗如歌。

（三）感慨重庆：渣滓洞前的沉思

目睹了重庆市的巨大发展和变化、城市建设和人民群众生活取得的辉煌成就，我不由得感慨祖国的强盛！

国家要强大，民族要振兴，人民必须要有信仰！

站在渣滓洞前，人们都必须面对这几位革命烈士：

江竹筠（1920—1949），曾用名江志炜，1920年8月20日出生于四川省自贡市大安区大山铺镇江家湾。1939年加入中国共产党，1945年与彭咏梧结婚，婚后负责中共重庆市委机关刊物《挺进报》的组织发行工作。1948年，彭咏梧在中共川东临时委员会委员兼川东地委副书记任上战死，江竹筠接任其工作。1948年6月14日，江竹筠在万县被捕，被关押于重庆军统渣滓洞监狱，受尽酷刑，1949年11月14日壮烈牺牲。"江姐"是人们对她的爱称，另有同名歌剧、评剧、越剧以及电视连续剧等。

陈然（1923—1949），原名陈崇德，河北省香河县人，1939年加入中国共产党。曾任《挺进报》特别支部书记，并负责《挺进报》的秘密印刷工作。1949年10月28日在重庆大坪刑场壮烈牺牲，年仅二十六岁。陈然是红色经典小说《红岩》中成岗的原型。

小萝卜头（1941—1949），本名宋振中，乳名森森，别名小萝卜头，江苏邳县（今邳州市）人，宋绮云和徐林侠的幼子（宋绮云、徐林侠都是中共党员。"四一二"反革命政变后，被党组织派到杨虎城处工作，分别担任《西北文化日报》的社长和总编辑）。1949年9月6日，宋振中被国民党特务杀害于重庆歌乐山下的松林坡，年仅八岁，为中国年龄最小的烈士。重庆解放后，宋振中被追认为革命烈士。

看到渣滓洞前成千上万、络绎不绝的游人来参观、悼念这些革命烈士，我心中有了慰藉：愿烈士们安息！愿我们都铭记历史，坚守信仰，努力工作，为国强民富而不懈奋斗！

2018年5月4日

己亥宜兴行

万里赴阳羡，美景不胜收

　　暖风拂面的五一，是劳动者的节日！我放下满身疲惫，携朋带友，迎着初夏阳光，从黄土高原开始，一路向南。沿黄河往南，越过起伏连绵的山脉、丘陵，蜿蜒前行，走过散落在沟沟岔岔里无数的农家村落。经过关中平原、潼关古镇，中原大地就在眼前徐徐展现。进入豫皖苏平原，中原的人文风貌逐渐被吴楚之乡的自然风光所代替，丘陵绿草，河网如织，田野碧绿，竹影婆娑，委婉中透着豪爽，柔媚中渗出刚健，楚风吴韵中交融着中原大地的粗犷和豪放！

驱车过安徽，乐游因文化

走进一个别样的世界，
一边是雄奇壮丽的黄山，
一边是水墨淡雅的徽村。
她穿着柔滑的绸缎，
在青山绿水间，在黑白建筑间，
优雅地走来。
美丽的安徽，低调的安徽。安徽有着壮美的河山，长江、淮河横贯其间，大小湖泊星罗棋布。

黄山名扬天下，头顶世界自然遗产、世界文化遗产、世界地质公园三顶桂冠。黄山是山的极品，不仅是中国，也是世界上久负盛名的山。

安徽积淀着非常厚重的文化，道教、佛教、儒家思想在这里交相辉映，道家代表人物老子和庄子就出生在皖江大地。安徽的名特产除了文房四宝，还有茶叶。中国十大名茶中有四款出自安徽，其中最有名的就是祁门红茶。

安徽，迷人的地方实在太多。这里拥有2个世界地质公园、5座国家级历史文化名城、6个国家级自然保护区、9个世界文化遗产、9个国家湿地公园、11个国家地质公园、12个国家级重点风景名胜区、11家AAAAA级景区、167家AAAA级景区、30个国家级森林公园、204个全国重点文物保护单位，还有无数鲜为人知的古村古镇和美景！

大美安徽，经过已欣然！

目的在荆邑，陶醉在陶都

春风杨柳万千条，神州大地任我行。一路匆行过南京跨无锡，及至宜兴市丁蜀小镇短暂停留。来不及休息，顾不上劳累，我们迫不及待踏上素有"江南陶都"美誉的宜兴，一睹享誉畅销五湖四海的经典紫砂陶艺，品味宜兴红茶。

宜兴简称宜，是江苏省的县级市，无锡市代管。秦始皇二十六年（前221）建县，改荆邑为阳羡县。隋开皇九年（589）改称义兴县。宋太平兴国元年（976）改为宜兴县。1988年1月撤销宜兴县，设宜兴市（县级市）。

宜兴是中国著名的陶都，素有"陶的古都，洞的世界，茶的绿洲，竹的海洋"之称。

宜兴是紫砂壶的原产地，拥有石灰岩溶洞80多个，茶园3500余公顷，竹海纵横八百里。宋代大诗人苏东坡在宜兴留下"买田阳羡吾将老，从来只为溪山好"的词句。

宜兴人文荟萃，从古到今诞生了4位状元、10位宰相、26位两院院士，被誉为"院士教授之乡"。

宜兴属吴越文化，江浙使用吴语。宜兴更是中国综合实力最强的县级市之一，在经济、文化、商贸、会展、服务业和城市建设等领域成就显著，是全国优秀旅游景点城市之一。这里风景绮丽，山水迷人，商家云集，经济繁荣。

蓝天白云空气清新，杨柳依依小河流水，花香鸟语游人如织。一派江南风情惹人醉，往来商客留恋不思归！

江南风情：这山，这水，这茶！

有道是，万丈豪情三杯酒，千秋伟业一壶茶！

在陕北，黄土高原的雄伟厚重与高远辽阔造就了陕北汉子待客的豪迈气概，他们热情豪爽，常以酒待客，并以一醉方休来彰显对朋友的真心实意。满腔热血、一片真诚，尽在万丈豪情的一杯酒中！

在江南，成就美好生活与千秋大业却在一壶浓淡相宜的香茗中。宜兴山清水秀，风景旖旎，和风细雨，茶水飘香。无论乡村城市，大街小巷，都茶商遍布、茶馆林立，制茶、卖茶、看茶、品茶、赏茶的人或男或女，有老有少，络绎不绝。茶壶、茶杯、茶道更是南来北往游人的聚焦点。茶与陶，茶与水，茶与人，茶与天地、四季、自然风景融为一体，成为江南地区广为流行的一种高雅生活状态！因此，到江南看山看水，看人看景看风情，需先品一壶浓郁飘香、沁人心脾的香茶！

对于江南，白居易说得好："江南好，风景旧曾谙。日出江花红胜火，春来江水绿如蓝。能不忆江南？"

流连不忘返，收假回家园

假期就要结束了！我们把出行时的迫切与愉悦和连日来紧张而忙碌的奔跑劳累，置换成美丽动人的自然风景，连同藏在心底的美好回忆与喜悦心情一并打包带走，回家！

把从黄土高坡来时看过的风景，把南方城市每一次让人瞪大眼睛、激动惊讶的见闻，把那些让人目不暇接的城市巨变，以及村舍田园翻天覆地的喜人景象，都装进心底，藏在记忆里，回味在欣慰惬意的满满幸福中，回家！

短暂几天的假日旅行，饱览了祖国各地大美河山的雄伟壮观，目睹了山乡城市巨变的繁华景象，领略了天南地北历史文化的博大精深，更加激发了我爱家乡、爱中华的热情！

回家，期待下次出发！

2019年5月9日

我村地名小考

生我养我的村庄，没有金戈铁马，没有神话传说，有的是普普通通的山峁沟壑。然而，对于我来说，这普普通通才是真，信手拈来几个地名，留给自己一份记忆，留给后人一个传说。

庙硷。庙硷在我们村庄北头，是一个高出村子十多米的山台，像南方人说的崮。然而，崮是四周陡峭，顶上较平；而我们的庙硷，四面缓坡，顶上较平。

之所以冠以"庙"字，是因为平台上原来有一座大庙。至于庙里供的是哪尊神，我就不知道了。那时我年幼，在村里小学上二年级，只是常听妈妈说，庙硷以前有一座神庙，供奉着菩萨等神灵，用来保佑平安、庇护百姓。

因此，我们村和附近几个村的村民，每逢农历初一、十五，就去庙里烧香敬佛，祈求平安。村里人有个七灾八难的，甚至家庭矛盾、邻里不和等不如意、不顺心的事，都要去庙里烧香卜卦、请愿许愿、上供还愿。我看见村民还愿时还蒸了暄腾的白面馍馍和鸟兽之类各种形状的花卷、油卷、香饽饽之类的供品，小心翼翼地放在菩萨神灵前。妈妈双手合十，跪在神像前，嘴里念念叨叨，神情虔诚，并让我也跪在一旁，我们一起烧香、磕头。也许是庙神灵验的缘故吧，庙硷中供奉的神声名远播，庙里香火旺盛，香客络绎不绝。

后来，大庙被毁，庙台上残留的石块、砖块与半个世纪的风雨尘埃混合而成一个小峁，长满了杂草，犹如荒冢，只剩一个"庙"的名头，令人唏嘘。

市梁。在庙硷不远处有一个二三十亩的梁塬，叫市梁。据老人讲，这里以前是四乡八邻、南北二塬老百姓来我们村武门申村赶集的地方。市梁上地势平坦、开阔，黄土虽然含沙，但黏合性强，地面比较硬实。

市梁之所以能成为大集市，可能是因为它距离庙硷近，且地势开阔、平展方正，是来往庙硷祈祷求福的必经之路。

每当庙硷上有祭祀活动，四乡八邻、南北二塬村民大都来往于市梁上。于是就有人在路边摆起小摊，贩卖香纸和自产的瓜果、小吃等，以满足求神拜佛者的需要。

随着时间的流逝，庙硷香客络绎不绝，庙硷旁山梁塬上的道路两旁，便形成了一个红火的市场。"市梁"一名便就此远传四邻八村，妇孺皆知。

市梁下有条葫芦河，向南流入黄陵县境内，经过杰沟、王家角、葡萄寨、马家河、南河、梁河等村庄，而后在洛川县交口河镇汇入洛河，南下入渭河。

猪市巷。我们村中心有一条南北方向的狭长巷子，据说过去邻村百姓到庙硷赶庙会，到市梁赶集，买卖猪的小摊就摆在这条巷子里，也许是巷子狭长，便于圈猪的缘故吧。久而久之，这条巷子就称为"猪市巷"。随着庙硷香火旺盛，经过猪市巷的人越来越多，村民们看好这一商机，家家户户都扩大养猪、养鸡、养羊等养殖产业。

老槐树底。我们村有一棵老槐树，高耸入天，有二三十米。树伞如盖，分枝开杈向东南西北各个方向展开，枝繁叶茂。树身雄壮高挺，直插高空。树身周长没有人拿尺子量过，但三四个大男人手拉手合抱才能绕树干一圈。老槐树生长了多少年没有人知道，连当年村里年龄最大的老人也说不出来，只说他小时候老槐树就这么高大。

站在村边山峁高粱上远眺老槐树，甚是壮观。每年夏收季节，劳累的村民从地里干完活回村，进家门前都先去老槐树底下纳会儿凉，拉一会儿话，才回家做饭、休息。老槐树底成了庄户人聚会、议事、纳凉、拉话、休息的公共场地。

在我村出生成长的人，哪怕后来参加工作或因其他原因离开了村子，也都牢牢地记住了老槐树和老槐树下的时光。当时村里办起一所七年制学校，除本村学生就近上学外，邻近的河南村、杰沟村、王家角村、葡萄寨村的学生都在我们村上学。后因建校需要，老槐树被伐了。经历无数风雨的老槐树见证了我们村几代人的生长发展，为几代村民遮阳挡雨，最终为后代学子成长而献出了茂盛的生命。

西塬。村子西边通往山顶的路是一条羊肠小道，弯弯曲曲随坡就势绕至山顶。山顶上有百余亩的平地，全部由村里有壮劳力的几户农民耕种。在西塬上种地非常辛苦，村民早晨六七点钟吃过早饭，带着干粮和水便起身。山路不仅弯坡多，而且陡峭，壮劳力需要四五十分钟才能爬到塬顶。村民稍作休息，便开始干活、耕地、播种、施肥。黄土高原的农民，一直是面朝黄土背朝天，太阳底下一身汗，风雨来了两腿泥，天阴天晴都得干。

老黄牛一样的山村农民，早起晚睡，辛苦劳作，默默无闻，无怨无悔地承受着劳作的辛苦。

尹家塬。我们村南河渠和南山底相连的南山塬上，有一块二百多亩平地叫尹家塬。它紧邻黄陵县隆坊镇汤中肴村，因村里有几户尹姓人家，所以叫尹家塬。

尹家塬山势陡立、高耸入云，似与蓝天争高低。塬上土地广阔平坦，塬下山沟也有二百余亩耕地，其中有三十多亩地上栽满核桃树、杏树、苹果树、枣树等。尹家塬的山洼上有野生柴胡、黄芩、黄精、甘草等。小时候，我们村的孩子放暑假后都爱去尹家塬挖野生药材卖钱，补贴家用和买作业本、连环画。那时候农民收入很少，一到农闲时间、周末节假日或寒暑假，农家孩子们都被各种活计安排得满满的，真是"穷人的孩子早当家"。

我们村还有一些地名，深深地印在我的脑海中，位于村子北边一座地势相对平缓的山峁上的几块洼地，叫几里洼台；高于几里洼台的两座上百亩的山峁，叫双泰峁。

还有高坪、北沟、桌子面等地名，都是先民根据地形、地貌、位置起的名称，一直沿用至今。

山村人辛苦，但苦中也有乐。

农家孩子的童年，充满了快乐；农家孩子的生活，充满了阳光。虽然那个年代生活艰苦，缺衣少食，但人们对未来的美好向往却生生不息，代代相传。

2023 年 6 月 5 日

故人

故事篇

黄土高原开奇葩

引子

这里,不是艺术的天国,却盛开着艺苑奇葩!

这里,虽是坡洼沟壑,却有着像诗一样的生活!

这里,土地不再贫瘠,文化不再落后。

这里繁衍着世世代代朴实、勤劳的人民,也成长着一个个点缀生活、塑造艺术的工作者。他们用热情和信念,曾在这块古老的黄土地上几度耕耘,几度收获——一曲曲悠扬动听的信天游,一首首充满激情与希望的歌曲,从这里诞生,又从这里飞向四面八方;一幅幅反映时代新貌的绘画、照片,带着耕耘者的辛涩和喜悦从这里飞向延安,飞向北京……

(一)

改革之年的吴起县,不仅城乡面貌发生了天翻地覆的变化,古老贫瘠的土地上也开始有了更丰富的文化生机,有了欢声笑语,有了丰富多彩的文娱生活,更令人惊叹不已的是,有了流行国内、走向世界的优秀作品……

1989年5月,中国摄影家协会向国际亚太地区摄影中心推荐了齐玉同志的摄影代表作《古老的婚俗》。该作品在北京展出后,曾受到首都文艺界，特别是摄影界人士的赏识和称赞，并由中国摄影家协会国际部送赴日本参加了摄影作品展。这是吴起县自立县以来，摄影作品首次出国参展。

当这幅凝聚着浓厚陕北婚俗特色的摄影作品在日本东京展出后，吴起最古老的、原始的传统婚俗和民族特色便开始在世界文化领域有了一席立足之地，同时也为吴起摄影界打开了一条通往国际摄影界的路。这个喜人的消息在当时虽然只局限于文艺界部分人士所知晓，然而，它对于在这块黄土地上辛苦耕耘了十多年的摄影工作者齐玉来说，却是莫大的鼓励与鞭策！

时值初冬，寒风飒飒，树叶枯落，笔者慕名来到了吴起县文化馆，采访了这位名噪吴起的摄影师齐玉同志。

镜头：摄下了黄土地上的真善美

齐玉，今年43岁，是吴起县摄影协会主席。他，中等身材，打扮朴素，含笑着的双眸流露着艺术家的素养和气息。在吴起县文化艺术界，他享有很高的名望和声誉，特别在摄影界，提起他的名字，人们除了肃然起敬之外便是啧啧称赞，在许多人心目中，他俨然是位技艺娴熟的摄影大师。

从1976年调入县文化馆搞专职摄影工作以来，他已经积累了整整十三年的摄影经验，十三年，在他人生的长河中，似乎算不了什么，但这十三年中他留给社会和人们的，却是数以千计的珍贵记录……

十三年来，他身背相机，从县城到农村，从高原到山区，从热闹的都市到寂寞的村舍，从人流如织的会场到人迹罕至的荒野。他足踏坎坷羊肠道，汗洒凹凸窝坡，用镜头摄下了人间的真良善美，喜怒哀乐。

十三年间，他深入生活，先后拍摄了上千幅新闻、艺术作品，积累了上千幅图片资料，有百余幅作品在各级文艺单位展出，在地区级以上新闻报刊、文艺杂志上发表，其中代表作《黄土地的儿女》《她从雾中来》《相思》《各忙各的》等二十余幅作品先后获得延安市摄影创作优秀奖和陕西省摄影创作二、三等奖，一部分作品在省内外展出后，备受各界人士欢迎。

十三年，他把一腔热情全部倾注在这块黄土地上，把火红的青春奉献给了心中最壮丽的摄影事业；十三年，几度风雨，几度春秋，他始终微笑着面对生活，微笑着从失败中奋起，微笑着走向成功！

朋友，请和我一起来看看齐玉同志十三年来的摄影历程吧！

他搞摄影工作，完全是为了弥补吴起县有史以来摄影作品走出地方的空白，丝毫没有"出风头"的念头。

许多人都知道齐玉是搞摄影的，但对于齐玉为何要搞摄影工作却未必清楚。1976年，20岁的齐玉从县一中调到县文化馆搞起了专职摄影工作。当时，许多人对他由教师转到摄影师都感到不解，认为他这是出风头、攀高枝。他坦诚地向大家解释："我搞摄影，完全是为了弥补吴起摄影艺术上的空白，想为振兴吴起摄影事业做点努力，丝毫没有出风头和高攀的念头。"

吴起县文化落后，摄影艺术也同样落后，从中学时期就喜欢摄影艺术的齐玉，早就看到了这种情况。参加工作后，他一直想着如何为振兴家乡摄影事业尽全身之力。终于，这个多年来的愿望实现了，摄影艺术就像磁场吸引住了他。从那时起，他便开始了艰辛而漫长的摄影生涯。多年来，为了使吴起摄影事业尽快在全区寻得立足之地，他刻苦学习摄影理论知识、拍摄技术，先后参加了陕西省摄影技术学习班、风景艺术摄影学习班和新闻摄影学习班，系统地学习了黑白、彩色摄影理论知识和拍摄技术。同时，为适应工作需要，他还报考了中央戏剧学院戏剧、电影创作刊授班以及中国逻辑与语言函授大学，全面系统地掌握了各类专业知识，为搞摄影工作打好了基础。

通过多方学习，不断提高，他的摄影技术日益精进，作品由少到多。十多年来，他先后拍摄了上千幅新闻图片和艺术照片，80%以上作品都有确切主题，从不同角度，利用不同的表现手法，反映了党的十一届三中全会特别是改革开放以来城乡生活变化的喜人画面，一些作品在省、市两级文艺单位展出后，还被推荐参加了全国摄影展。自此，吴起摄影作品在国内摄影界开始有了一席之地。

摄影事业发展起来了，层出不穷的作品陆续跃入省内外文艺领域，这对于吴起文化界来说，是一件史无前例的大喜事。热心的人们，特别是摄影爱好者，看到署名齐玉的新图片在报刊上亮相，便会欣喜地奔走相告。而在这个时候，齐玉又给自己定下新的奋斗目标，决心继续向高处攀登。

为了发展吴起县刚刚兴起的摄影事业，1986年元月，他通过多方协商，四处筹资，在县上有关部门和地区摄影协会的支持帮助下，组建了吴起县摄影学会和摄影协会。他本人被推荐为学会理事长和协会主席，这是当时延安市最早的一家县级摄影团体。

摄影协会成立后，齐玉的工作量更大了，积极性更高了。他一方面精心钻研摄影业务知识，一方面培养发展摄影人才。到

1988年底，已发展会员18名，培训摄影技术人员47名，举办摄影展11次，展出作品270幅。1986年11月，在他的积极联系和筹办下，吴起县摄影协会与甘肃省华池县摄影协会联合举办了一期"陕甘边区摄影作品展览"，展出60余幅作品，推广了陕甘边区摄影界。该次活动后受到省、市领导表扬。1989年元月，他在吴起又积极筹办了延安市"黄土地摄影艺术理论研究会"，为本区摄影事业的发展迈出新的一步奠定了良好的基础。

他，付出了很多，得到的极少。

他的每一幅作品都凝聚着艰辛的跋涉和酸涩的汗水。

摄影，是一项艰辛的工作，每一幅照片从选择角度、塑造主题、抢拍镜头到冲洗、成像，都要付出一定的时间和劳动。齐玉在方方面面都力求完美，1985年4月，在拍摄《她从雾中来》那幅照片时，为了真实、准确地表现黄土地农民在晨雾中上山劳动的情景，他曾先后三十多次步行到距县城2.5千米处的一个群山叠嶂的崩顶上抓拍雾景。那段时间，由于天气变化异常，多次抢拍都没成功，直到最后一次才拍出满意效果，后来，这幅照片获得延安市摄影创作优秀奖。

还有一次，新华社记者景杰敏来吴起采访，想拍一组反映吴起变化的新图片，找到齐玉说明了情况，请求他予以协助。当时，齐玉正在感冒，听到这个情况后，当日便和景杰敏一同到农村采访。在采访中，他不顾病情和劳累，凭着多年的摄影经验，很快在三个乡镇拍摄了一组反映吴起新貌的照片，回来后又连夜把底片冲洗出来，第二天景杰敏在临走之前顺利拿到了这组照片。没过多久，这组名为《吴起新貌》的图片在《新华社新闻图片》上发表了，可齐玉却因此感冒加重而卧床难起。

多年来，齐玉就是这样辛勤地工作，把自己投入于忘我的境界。自从从事摄影工作以来，他先后拍摄县上各大型会议235次，办橱窗宣传栏103期，编排各类影展版面731版，照片4356幅，为各党政单位积累图片资料1000余张，卓有成效地起到了宣传政策、活跃生活、服务社会的作用。

目前，齐玉已被吸收为中国摄影家协会陕西省分会会员、延安市摄影家协会理事。《中国摄影家大辞典》编辑部已决定把他编入辞典，国内一些有影响力的刊物的摄影团体分别向他约稿，还有一些摄影爱好者常到他那里拜师求学……所有这些，齐玉都欣然接受了！

在采访要结束时，齐玉满怀信心告诉我，他目前正在抓紧钻研深层摄影知识，在今后更长的时间内，他还要进一步扩大摄影范围，把陕甘宁边区的摄影事业也搞起来，让吴起这块古老不衰的黄土地上开出更加争奇斗艳的影坛奇葩！

（二）

笔头：画出祖国的壮丽山河

在文化馆采访时，笔者有幸遇见了曾一度闻名延安画坛的美术工作者乔振东同志——他是吴起文艺界的又一朵奇葩！

走进乔振东的房间，除了一套简陋的办公用具外，四下里全堆满了各类写生画本和绘画器具，四面墙上悬挂着一幅幅别具特色的风景油画，在这里，像是置身于天香画国，时刻给人以艺术的享受。

今年34岁的乔振东，虽然其貌不扬，但他的绘画作品却以别致的特色和独到的风格而享誉画坛。

绘画——他一生追求的事业

乔振东，祖籍陕西合阳，出生于吴起县城。他自幼天资聪慧、敏思过人，上小学五年级的时候，就是学校里小有名气的娃娃画家。中学时期，由于对美术的偏爱和不懈追求，曾得到学校美术老师的青睐和精心指导。1976年到文化馆搞专职美术工作以来，他刻苦钻研绘画业务，不断提高绘画技艺。他先后在延安师范美术专科班培训两年，中央美术学院油画系进修一年，系统地学习了绘画理论知识，掌握了绘画技巧。在十多年的美术工作中，他积极深入生活，开阔视野，创作出了一大批主题好、角度新的绘画作品。

从1976年至今，他先后创作了以油画、素描为主的各类绘画作品上千幅，参加国家、省、市、县展出的就有270多幅，其中油画《古土》《晚风》《农村小景》等7幅作品分别获得延安市美术创作优秀奖和二、三等奖，《过喜事》《山村小景》等5幅作品参加陕西省庆祝新中国成立35周年作品展，《村景》《母亲》等作品被延安市文联荐送参加七届全国美术作品展览。

乔振东在绘画上取得的显著成绩，曾为吴起文化界大添光彩，但他并没有因此而停滞不前，而是愈发刻苦钻研，加倍努力。他甘做一头默默无闻的黄牛，在画坛艺苑耕耘不息。

为使吴起美术事业后继有人，他毫不吝惜地把绘画技艺传授给每一个学生。一个人对社会的贡献，不取决于他求索的多少，而是取决于他奉献的多少。刚过而立之年的乔振东正精力充沛地求索着，无私无限地奉献着！他不仅仅是把精力用在提高自己绘画技艺上，而是毫不吝惜地把绘画技术传授给一个个热心绘画的学生身上。从 1978 年至 1989 年，他利用节假日和业余时间，先后举办美术学习班 13 期，办绘画专栏、橱窗 200 多次，展出各类绘画作品 1000 多幅，为社会各界培养美术人员 100 余人，有 20 余人已经能够独立进行创作，10 余人先后报考了省地级美术学校进行专业深造，一部分学员的作品分别参加了省、市、县画展，并有作品在一些报刊上发表。他为发展美术奠定了坚实的基础，使吴起美术事业后继有人。

时光匆匆，岁月流萤，弹指间 10 多个年头过去了，乔振东用手中那饱蘸色彩的笔，绘出一幅幅反映时代、讴歌生活的优秀作品！

眼下，他正在勤奋地钻研绘画知识，提高绘画技艺，力争用笔把祖国的河山点缀得更加绚丽多彩！

（三）

吴起县文化馆

在文化馆采访的日子里，笔者留下的一个最深的印象是：这里每一个人都是那么热爱工作，那么追求事业；每一个人都令人敬佩和难忘；每一个人都有一个感人的故事。

歌喉：伴随着一颗跳跃的心声

清晨，东方微微发亮，大地还在沉睡时，文化馆大楼的走廊里，却传来了悠扬悦耳的歌声，一位青年男子正在那里放声练歌，歌声给清冷的早晨增添了几分欢快的生机与和美的气氛。他，叫朱强，是吴起县文化馆的音乐干部。

朱强，今年28岁，他是吴起县一位才艺横溢的青年歌手。自从从事音乐工作以来，他那昂扬雄厚的歌声就从来没有停止过，始终伴随着他那颗激情澎湃的心在舞台上、山野里回荡。几年来，他的歌声给寂静的山村送去欢乐的生机，给热情的歌迷带来了莫大的欢愉！那一曲曲深情的歌曲，充满了对人生的爱和追求，也伴随着生活的酸涩和苦衷——他唱哑了嗓子，熬红了眼睛，终于用信念和毅力走上了舞台。

朱强搞音乐，完全是出于一个偶然的机会。上帝并没有让他天生拥有一副能歌善唱的好嗓子，自从爱上音乐以来，他硬是凭着毅力和信念克服了一切困难，终于微笑着踏上舞台。

1981年，年方20岁的朱强从部队复员回家，同年5月份被分配到县文化馆工作。当时文化馆缺乏音乐人才，急需配备一名音乐干部。朱强过去曾在文工团搞过宣传，有点音乐基础，他得知这个情况后，便主动找馆内领导，提议把这项工作给他，馆长答应了他的要求。从那时起，他便和音乐结了不解之缘。

音乐工作，是一项比较细密复杂的工作，对于仅有一点歌唱基础的朱强来说，要在这条路上顺利走下去，确实不是一件容易的事，需要付出相当大的代价。但是，朱强却不在乎这些，他一方面寻找音乐教材自学乐理知识，一方面拜师学唱，苦苦磨炼。几年来，他先后自费、公费参加了5期省、市举办的各种短期音乐培训班，学完了《音乐基础理论》《音乐欣赏》《音乐美学》等10多本专业书籍，并在西安音乐学院声乐系全面系统地学习了乐理知识和演唱技艺，从发音、视唱、练耳，到登台演唱以及作词、谱曲等方面都进行了刻苦练习。通过勤学苦练，短短几年时间内，他不但掌握了基础音乐理论，而且在歌唱技巧上不断有新的突破，逐渐成为一名出色的歌手。

1988年7月5日，在延安市举办的首届青年业余歌手"储藏·保险杯"民族演唱大赛中，他以娴熟流利的演唱技艺在舞台上取得了优异成绩，获得"蓓蕾奖"。同年10月，他又在地区首届戏曲比赛、首届小品表演比赛中分别获得了二等奖和三等奖。延安市文化局和群众艺术馆分别给他颁发了奖品和奖状。

当朱强在全区歌坛上接二连三地亮相获奖时，人们只是热烈鼓掌和啧啧称赞，却并没有想到他是如何由一位不会唱歌的青年变成一个声名大振的歌手。是啊，刚进文化馆那阵，他确实唱不好歌，上帝在他身上似乎没有种下音乐的种子，可他并没有因此抱怨不前，而是愈加发奋地学习乐理知识，练习提高演唱技巧，不知多少次眼睛熬红了，嗓子唱哑了，他也没有停止过歌唱。

就这样，日复一日，年复一年，他凭着智慧和毅力克服了一个又一个困难，终于成了一名出色的歌手。

几年来，他先后组织、编导、主演文艺晚会30多场，演出戏剧小品歌曲独唱、合唱等各类大中型节目近百个，由他本人主演的达37个，观众累计达70万人次，在群众中影响很大，演出受到社会各界好评。

为吴起县音乐事业，他甘愿奉献一切

朱强在事业上乐于吃苦、大胆求索，在工作上积极认真、全面兼顾。他从来没有因个人事业上的得失而影响音乐业务整体工作。吴起县音乐工作起步晚，基础差，加上缺乏各类乐器设施，工作进展不大。朱强进馆后，一方面不断提高自身业务水平，一方面致力于改善馆内乐器设施。音乐作为群众文化的一个组成部分，它的形成与传播，除了需要提高演员的素质之外，乐器设施的完善也是一个重要的必备条件，可是馆内由于经费紧张，多年一直未购置新乐器，单凭原有乐器很难适应现代歌舞演出需要。针对这种情况，朱强多方奔波，四处联系，给领导写申请，向上级打报告，多方协助改善音乐设施。在他的辛勤奔波下，上级文化单位陆续给馆内购置了小提琴、吉他、脚踏风琴等乐器，使一般小型演出活动得以顺利开展。

1987年，朱强用1400余元从北京给馆里买回一台电子琴，供学员们学习。另外，他还热心组建民间歌舞演出队和农民秧歌队。从搞音乐工作以来，他先后组建了一支由15名歌舞爱好者组成的小型文艺演出队和10多个乡镇秧歌队，定期开展一些文娱活动。每逢元旦、国庆等重大节日，他还举办歌咏比赛、文艺晚会等活动，卓有成效地活跃了城乡群众文娱生活。

1987年国庆前夕，文化馆和县共青团委要联合举办一台庆祝晚会，朱强是这台晚会的主办人。当时，他的妻子临产，无人照顾，他白天在外边四处奔跑，指导大家练习歌舞，晚上回家还要料理家务，忙得不可开交。经过几天紧张的筹备和练习，庆祝晚会于国庆节顺利按期拉开帷幕。就在演出的时候，妻子临产，为了不使演出受到影响，他只好托邻居把妻子送到医院，自己照常登台演出。从开演到结束，前后长达3个小时，他一直坚持到底。

还有一次，地区音乐协会要举办一次全区民歌调演，吴起县将应邀参加演出。按比赛要求，文化馆要在很短时间内组织、排练好各类调演节目，这个任务自然而然落在了他这个音乐干部身上。当时，朱强正在感冒发高烧，医生吩咐他在家休息，可是，为了使调演按期进行，他不顾身体的不适，下乡到各乡镇组织演出人员，编排演唱节目，很快组织起一支14人的调演队伍，练唱了几组演唱节目，按期参加了全区调演比赛。后来，由他指挥的小合唱《猜拳调》和《谁坏良心谁先死》等节目获得了全区民歌调演优秀节目奖。

几年来，朱强就是这样辛勤地奔波，忘我地工作，他时时想着事业，想着音乐，从来不考虑个人得失。他曾经说过："只要能使吴起音乐事业发展起来，我甘愿奉献一切。"

是的，朱强用实际行动履行了自己的诺言。几年来他积极开展各种文娱活动、音乐晚会近百次，组建各种演歌队10余支，义务举办舞蹈曲艺、唱歌等学习班6期，培训学员120余人，搜集整理民歌70余首，创作戏曲小品、歌曲16首。他卓有成效地开展了各项工作，使吴起县音乐事业焕发勃勃生机，音乐发展前景喜人！

目前，朱强正在满怀热情地继续练唱嗓音，不断提高演唱技巧，决心在舞台上更进一步，让吴起人的歌声走出延安，飞向全国。同时，他还打算在今后一段时间内，把吴起县音乐协会和音乐学会组建起来，让音乐这个群众喜闻乐见的民族文化组成部分，到群众中去，到农村去，为更多人带来欢愉和幸福！

1989年12月

黄土地上的月光

> 一个人对社会、对人类是否真正奉献了有价值的东西，不在于看他奉献了什么财富，重要的是看他奉献的是一种什么精神。
>
> ——题记

这是1989年腊冬的一个漆黑夜晚，凛冽的西北风夹卷着缕缕黄沙飞扬着，整个世界笼罩在一片飞尘之中。延安宝塔山下，有一位中年汉子，顶着呼啸的风，正在沿着一条弯弯曲曲的小路高一脚低一脚吃力地向前走着。迎面吹来的西北风像乱刀一样从他脸上刮过，只见他双手不时地摸一下快要冻僵的脸。他叫苏月亮，是陕西文化音像出版社延安发行中心的总经理。现在，他正在心事重重地向家里赶去。

家，就在对面山台上的一排石窑洞里，离单位不到一千米的路。可是谁能想到，整整忙了一年多了，他还没有回过几次家。今天若不是爱人来单位催着要他回家看看病重的儿子，他又要在办公室过一个不眠之夜了。

风，越刮越大；夜，愈来愈黑。远处大楼上的时钟已敲完子夜最后一响，快要结冰的延河因河槽不平发出了低微的流水声。西北风在他耳边阵阵尖叫、回荡着，空旷而又深邃的黑夜似乎要把他这渺小的身躯吞噬掉。在这冬日的夜晚，一切都变得这样令人恐惧战栗。但他已顾不得这些了，因为患病的孩子在期待着他

散　文

回去，他的心焦急得快要着火，拼命地迈开双腿，奔走在漆黑的夜幕中……

孩子的呻吟声一声紧似一声，爱人的神情变得愈来愈焦躁。他似乎成了与家庭毫无关系的"外人"。

在单位他是一个很称职的经理，在家里他却是一个不称职的丈夫。在别人眼里他是一个拥有三十多万元资金的总经理，可在爱人和孩子眼里，他是穷得叮当响的苏月亮。苏月亮急匆匆赶回家时，发现孩子因高烧时间过长已经处于严重昏迷状态，嘴里一声紧似一声地说着胡话。爱人靠坐在床前一边哄着孩子，一边痛心着急、脸色苍白。看到眼前这种情形，苏月亮难过得心里好似有刀子在绞一样。他一下子扑到床前，把孩子紧紧抱在怀里。多少年了，他一直很少照料家事，就是回家也是稍作休息后就回了单位。家里的日常琐事全凭他那通情知理的爱人料理着。有几次，家里米光面尽了，爱人身无分文，孩子还哭着要学费，而他却出差去了，爱人只好硬着头皮到邻居家借钱。一个堂堂正正的总经理之家，竟为了一点点钱去求借别人，这话让人听了似乎有点不可思议，然而，这的确是事实。在苏月亮家里，这样的事时时都会发生。为办好企业，在单位资金困难时，他把自己多年的积蓄全投资进去了。为这，一些人常常在他爱人面前说风凉话。这样的话，任何一个女人都无法忍受。可是，苏月亮的爱人为了支持丈夫把事业干下去，一次又一次承受了各种谣言、耻笑和精神压力；还忍受了简陋、清苦，甚至缺吃少喝的生活折磨。

他是对爱人缺少关怀的丈夫和对孩子漠不关心的爸爸。有人说他是真正的"无产阶级"，这话似乎没有说错。

是的，在事业上，工作上，他的确是个称职的经理。延安发行中心从筹建到成立，洒满了他的汗水，融进了他的心血，每一步的成功无不浸透着他的一切：企业流动资金达到七万元，库存资金十一万元，购置设备五万元，固定资产十一万元，各类资金总额累计达到三十多万元。可是在家里，他却是个极不称职的丈夫，他不回家、不管家，更不问家事，孩子成绩好坏他从来不过问，学杂费他从来没有交过……他好像已经忘记了这个家的存在。这些年来，别人家里添置各类高档商品，而他的家里除了简陋的日常用具外，仅有一台价值五百七十多元的黑白电视机，不少来过他家的人都开玩笑地说："老苏是真正的无产阶级！"他笑了。是啊，他没有资产，没有索取，只有奉献。

"苏月亮啊，你没有尽到一个丈夫的义务和责任，你有负于这个家庭！"他从心里生出一种内疚，一种永远难以慰藉的内疚！

然而，他也是没有办法啊！为了工作，为了事业，他不得不这样去做。现在延安发行中心经过一年的艰苦奋斗才初见成效，这种忙碌劳苦的日子今后还将长期存在，这一点苏月亮心里比谁都清楚。他想向爱人解释，可他刚一开口，爱人先发了火："你还有脸回家吗？你不管家里的死活，娃娃病成这个样子，三番五次叫你都叫不回来，你太不讲良心了，这个家和你没牵连了……"爱人越说越气，一股难抑的愤懑从心头涌起，她脸色苍白发青，嘴唇在微微颤抖着："你要工作，你要搞事业，我支持你，我连家财都舍得，你就不能舍上一点点时间回来看看家里成了什么样子？娃娃痛成了这个样子，你怎么当爸爸的？你……"看着眼前一切，听着爱人话的苏月亮沉默了，屋内的空气凝固了，漆黑的夜沉默了。

此刻，延安的一切都进入了甜蜜的梦乡，唯有这个家庭在漫

散文

漫的长夜里，为了陕北的文化事业，在艰难地挺着。

历经磨砺，玉汝于成

苏月亮，这个三十八岁的陕北汉子，曾经是一个"多灾多难"的苦命人。如今，他竟然成了陕西文化音像出版社延安发行中心的法定代表人、总经理。这一切似乎很难令人相信，可是这是事实——这是他用顽强的拼搏和巨大的代价换来的。

他走过的是一条坎坷并且长满荆棘的曲折道路，他经历过的是一个用泪与汗合写的故事。

1989年10月，陕西文化音像出版社决定在延安成立音像发行中心，承担延安以北地区的音像发行业务，旨在开拓、振兴陕北音像市场，活跃群众文化生活。这个消息传出后，在延安引起了强烈的反响，文化生活一向匮乏的延安人，奔走相告着这一令人欣喜的消息。当时苏月亮正在延安建工招待所担任业务经理，听到这个消息后，他欣喜若狂，决心利用这个机会，实现他的宏伟理想。

从中学时代起，苏月亮就对"文化""音像"这类字眼特别感兴趣，贫穷落后的家乡，一年四季都少有文化活动，有人说上个顺口溜，周围都能围上一大群人，顺口溜说完了，人们依然流连着，期盼着能有个什么听，能有个什么看，来打发闲暇的时光。参加工作后，他一直想着什么时候如果能有机会搞文化事业，他一定要让人们把各种文艺类民歌听好，把各种文艺节目看好，让人们的文化生活丰富多样、绚丽多彩。这次听说省出版社要在延安设立发行中心，向社会公开招聘法人代表，他便踊跃地报了名，并急不可待地赶到西安参加了招标答辩。通过组织考察、演讲和业务测验，他中标了。出版社了解他、理解他一颗赤诚的心。去年，省音像出版社来延安录制说书音带，他有幸参与录制工作。有人见他工作热心，就产生了想法，设法阻拦，迫使录音中断，可他对文化事业有特殊的情感，便克服各种困难，冲破重重阻力，使说书录音圆满成功。结合这些情况，省音像出版社当即决定并行文宣布，聘任他为陕西文化音像出版社延安发行中心法定代表人，任总经理。就这样，他匆匆地走马上任了。

陕北延安，这块古老而神奇的黄土地曾经是中国革命的圣地，是党中央和毛主席生活战斗过的地方。它在中国革命历史上有着光辉的历程和特殊的地位。这里地处偏僻、交通闭塞，文化生活十分落后。新中国成立后，党中央曾多次关心过这里，并指示有关部门加强这里的文化工作。然而由于特殊的地理环境和自然环境及传统观念，这里的文化事业仍然处在落后阶段。改革开放后，人们生活水平有了提高，相应地对文化生活的需求超越了对物质的要求。苏月亮了解这些情况。他生长在陕北吴起县一个边远的小山村，自幼家庭贫寒，祖辈都是庄稼汉。父母斗大的字不识一个，打个条子、写个对联都得求人。那些长年四季忙碌劳作的山里人，每天从早到晚除了种地就是种地，人们没有时间看文艺节目，生活实在单调贫乏，就是搞个文艺节目，也不让年轻人参加。传统的世俗观念束缚着陕北人的手脚，使他们文化愈加落后，造成了恶性循环的后果。

多少个世纪过去了，一代又一代人在这里繁衍着，生存着。陕北人遵循着、模仿着祖先遗传下来的生活方式，过着苦多乐少的日子。而现代生活的快速发展，以及带来的文化冲击波，这些都似乎与这里的人毫不相干。这里成了被时代遗忘的角落。

散　文

　　陕北，这块黄土地上的人们，你们的命竟这般苦，这般可怜！苏月亮从内心深处发出这种悲叹！他是在这块黄土地上长大的汉子，他有黄土人的粗犷、豪爽、倔强的性格，有黄土人那种勇于吃苦、勇于开拓、敢说敢干的求实精神。他下决心要改变这种状况，要让陕北这块贫瘠的黄土地上绽放绚丽多彩的艺苑奇葩，要让陕北人的文化生活也像物质生活那样丰富多彩起来。他在拼搏着，努力着，前进着，立志让人们重新认识陕北人。

　　苏月亮认为，要振兴陕北文化事业，先要振兴音像事业，它是群众喜闻乐见的精神食粮。如果它振兴繁荣了，延安，乃至中国都将展现出新的精神面貌。

　　延安音像发行中心计划开展音像制品的发行与租赁、放映业务。这个机构建立起来后，将会给陕北的文化生活带来活力。苏月亮当上发行中心的总经理后，终于有了用武之地，有了实现多年的梦想的权利，他鼓足了劲，鼓足了气，决心轰轰烈烈大干一场。他遇到什么困难，都没有愁过，没有唉声叹气过，正如他常说的："遇事泄气、吵嘴、骂人、打架、寻死都是无能的表现，有困难、有问题，主动去克服困难、解决问题，这样的人才是男子汉。"

　　苏月亮就像夜空中的月亮一样，无论刮风下雨，无论乌云密布、电闪雷鸣，只要他还抱有一丝希望，他就能冲破重重阻挡，努力把月光洒下，使人们联想到那句："穷且益坚，不坠青云之志。"为了领到有关证明，他不分白天黑夜地跑。有人为阻止和干扰他办发行中心，有意把他的自行车盗走，这些都挡不住他，他靠两条腿，风里来雨里去跑着。为进一步办好音像发行中心，他攻读政法学院的《公共关系学》、中国珠海函授商贸大学的《商贸技巧》《商贸法律》等。他尝到了学习带来的甜头。单位的工作人员文化素质和工作能力不足,他就把学到的知识传授给他们,让大家边学习边干。尽管前进中的道路十分艰难,但是,他并没有因此而丧失信心。他肩负重任,他跳出了个人小圈子,他想到了延安精神,想到了自己动手,丰衣足食,于是他组织了十多名工作人员,为延安发行中心早日建成而奔忙着。没有工资,没有报酬,艰苦创业。有的人接受不了这种困难退却了,逃走了,有的人却还继续干着,他常说:"冬天虽然严寒,但离春天很近。人必须要有耐心,特别要有信心。"他用这两句话来鼓励着大家,使大家信心百倍。大家的努力又给他增添了无穷力量。

所有这一系列工作都付出了令人吃惊的代价!

那他收获到了什么?用苏月亮的话来说就是跑不完的腿,说不完的嘴,送不完的人情,遭不完的罪。这情形,使人们体会到:办事业难,难于上青天。然而,事实也确实是这样。延安发行中心从筹建到成立,他们每一个人都经历了一段艰辛的历程。可是,没有卷入到这场大风浪中的人,又有谁相信这是事实呢?

他,付出了很多,得到的很少,事业的成功凝聚着艰辛的劳动和酸涩的汗水。

苏月亮是个有抱负的人,他对事业追求很执着,不管搞什么,一扎下去,便忘我地工作。正如他自己常说的那样:"不干什么则罢,如要干就一定要干到底。"他乐于吃苦,敢于创新,不畏艰难,不怕冒险。当然,他不是愚昧地蛮干,而是以科学态度剖析一切问题,解决所有困难。担任总经理以后,他埋头处理发行中心的一切工作,而在背后,却有人眼红他、嫉妒他,趁着漆黑的夜晚敲他家的门。为什么?就是因为他为陕北的文化事业奋斗着。来人挥舞着明晃晃的刀子,刀刃的寒光令人毛骨悚然。爱人为苏月亮担心，心都提到嗓子眼，娃娃怕得缩成一团。苏月亮没有被吓倒，继续干着他的事业。这些来自阴暗角落的种种诽谤、恐吓、阻力并没有挡住他，而是更加坚定了他办好发行中心的决心。

为办理音像发行有关证照，苏月亮跑了一年多时间，跑遍了延安有关单位，疏通了一个又一个关节，攻克了一个又一个关口；为筹集资金，他从银行跑到有关单位，从亲戚家跑到朋友家，从延安跑到志丹、吴旗、定边、银川、兰州、呼和浩特……

他是庄里远近闻名的孝子，可他的母亲病危时，想打电话通知他，却找不到他，他为自己未能与母亲诀别遗恨万分。

仅为办理一个营业执照，就得在人力、财力上破费良多，才能勉强把执照拿到手。一个营业执照都这样艰难，那其他工作呢？苏月亮心里似乎有底，其他工作人员却没有底。

自从筹建延安发行中心开始，各项目的开支从未断过。是苏月亮有钱吗？并不是。在事业上他最有钱，也最舍得花钱，不惜把家里所有的积蓄拿了出来，可他自己却是清贫的。中秋佳节，人们阖家团圆品尝着佳肴，观赏着明月的时候，他的家里一点粮食也没了，他只好踏着十五的月光给家里借回一袋面。苏月亮也想方设法想顾好家，可人一心不可二用，他只能一心扑在事业上。用其他人的话说，他就是"要事业不要老婆和孩子的人"。但他老婆一向支持他干事业，外人再怎样在她面前说闲话，她都顶了回去，她理解自己的男人，知道他在为事业奋斗着，她相信他，家里积蓄都给了他。她的支持，她的理解，她的信任，使苏月亮深有感触地说："我的成功，与我爱人的理解分不开的。"

记得有次，有位多年未见的老朋友来看他，一进门，眼前的景象使他呆住了："这哪像个经理的样子，简直让人不可思议！"

那还是他刚刚上任发行中心总经理第二个月的一天中午,这位老朋友专程从千里之外的银川市风尘仆仆来到延安,看望他这个驰名延安的总经理朋友。

当朋友敲开经理室的门时,眼前的景象使他愣住了:一个约有十多平方米的房间里,陈设着简陋的办公桌和文件柜,桌上堆满了公文和书籍。整个房间显得简陋窄小,连个回身的地方都没有,客人简直不敢相信自己的眼睛。这就是拥有三十多万元资产的总经理办公室吗?这里竟然还放着两把五六十年代的旧木椅,其他电器及现代办公用品却全然没有。就在那把旧得已经发暗的木椅上,坐着的中年人正在一手拿着馒头,一手捏着一根长长的生葱大口大口地吃着。他那饥不择食的模样和那身很不合时的衣着,叫人心里在颤抖,一种难以名状的感觉在客人心中升起。然而,谁也不敢否认,他就是大名鼎鼎的苏月亮,陕北文化音像出版社延安发行中心的总经理。朋友简直惊呆了,他万万没有想到,苏月亮竟然变成了眼前的这个模样。但当他和苏月亮谈过一段话后,他才明白,他这个老朋友并没有变,还是像从前一样有着雄心勃勃的事业心,只有由于过分的忙而顾不上回家吃饭罢了。其实,他的朋友并不晓得,在延安发行中心筹建的那段时间里,苏月亮的若干顿午饭就是在这间简陋的办公室里随便吃的。对他来说,要紧的是工作,是事业,不是吃饭。有好多次,别人三番五次来邀请他去外边吃饭,他都因为工作太忙而离不开。一次,他因公出差到西安,同行的几个朋友劝他借此机会到几个旅游景区去逛逛,他考虑到自己时间紧张,便谢绝了。这些年来,他不知放弃了多少次外出旅游、参观、宴请的机会。这对于一般人来说,确实算是人生的一大遗憾。但对于苏月亮来说,放弃了工作的机会才是最大的遗憾。

不愿坐享清福，愿为事业奔波

"人，总得时时有事去做，并且尽量地做些对人民、对社会有益的事情，哪怕是十件、八件、一件。这样，他就觉得自己生活过得充实、有意义。"

这段令笔者深有体会的话摘自苏月亮的日记。

是啊，一个人要有所作为，有所奉献，就得时时去做事，去求索，去拼搏。苏月亮没有辜负国家的培育，从参加工作那时起，他就决心干平凡事业来为国争光。他知道，属于他的已不再是索取和得到，而是开拓和奉献。是呀，从那时起，他不再是一个幼稚的孩子和吃闲饭的人了，他已是一个出了校门，走向社会的成人了。一种报效祖国的强烈使命感促使着他不得不开始思考着该对社会、对人民做些什么。多少年来，这种带有责任感的思考就像"催命鬼"一样催着他做了一桩又一桩好事。难怪人们都说，他是一个十足的好人。

一次，他到银川出差办事，途经榆林地区的米脂、绥德、靖边、定边等县。每到一处，他都要停下来，利用休息时间到当地文化部门和各录像放映点，了解音像市场的分布与发行信息，并走访了当地许多群众，广泛征求群众对发展陕北音像事业的看法和建议。通过一个星期的考察、研究，他掌握了大量的信息，回延安后，他不顾旅途劳累，连夜赶写了《陕北音像市场分布与发展前景分析》。论证报告中针对开发陕北音像市场、振兴陕北音像事业拿出了切实可行的方案和宏观预测。

由于过分的劳累，长期的繁重工作，他病倒了，被送进了医院。

医生吩咐多休息几天，他人在医院，心在发行中心，考虑到单位里有许多事情还在等着他去完成，他在住进医院的第五天就带病出院了。

多年来，他就这样默默无闻，任劳任怨，不计寒暑，没有节假，不分白日黑夜，辛勤地忙碌了一天又一天……

纵使前路多险阻，总会旭日破云雾

种瓜得瓜，种豆得豆。辛勤的耕耘终于换来了丰盛的硕果——1990年10月1日，新中国成立四十一周年的喜庆之日，在圣地延安宝塔山遥望着的清凉山下，一幢新颖美观的楼房赫然屹立在人们面前，一块醒目的大牌子挂出来了，"陕西文化音像出版社延安发行中心"十五个浓黑大字，就像十五只耀眼的灯笼一样挂在延安大街。悠扬悦耳的音乐旋律伴着叫嚷嬉笑的欢庆声，组成了一条巨大的声流，在延河畔、在宝塔山下飘荡回旋……陕西文化音像出版社延安发行中心终于完成了筹建工作。总经理苏月亮此刻正在笑容满面地接待着络绎不绝的宾客。发行中心沉浸在一片欢庆之声的热闹气氛中。

苏月亮没有在这欢庆中久久陶醉，他又在运筹帷幄，又在谋略着新的宏图。他把陕西音像出版社延安发行中心的成立看作新追求的开始，他将以不到长城非好汉的雄心壮志，把陕西音像出版社延安发行中心办好，好上加好。

苏月亮为了开发陕北的文化事业，就像月亮一样，默默无闻地把自己所有的光亮奉献给大地，奉献给生他养他的黄土地。月亮只有在那黑夜中才有光亮，更深夜静中更能显示出它的皎洁，当人们进入梦乡的时候，也是苏月亮悄悄无私奉献的时候。能有

散　文

多少人支持他、理解他、知道他？在延安市文化文物局的支持和白灏辰副专员的关心下，苏月亮这颗月亮，经过"阴晴缺"后，赢得了圆满，赢得了人们的理解。陕西文化音像出版社延安发行中心完成了筹建，苏月亮这颗明亮的月亮也迎来了中秋佳节，人们敬佩他、赞誉他，他终于得到了社会的认可。正应了唐诗中的名句："随风潜入夜，润物细无声。"苏月亮正像春夜细雨一样，为陕北文化事业无声地奉献着一切。

陕西文化音像出版社延安发行中心业务逐步走上了正轨。事业上的春天来到了，困难时离去的职工恳求回来，告状者换上了表示庆贺的笑脸，不愿相认的亲戚朋友自己找上门来。苏月亮不计较这些，只是把心操在宏图上，他雄心勃勃地要把陕北民间艺术推出去，让人们看一看陕北的民间艺术，看一看创造这些艺术的陕北人。

苏月亮开拓的陕北文化事业，尽管进入了春天，可他依然把它作为二万五千里长征的开始，决心迎着现实生活中的雪山、草地及各种围追堵截，向着繁荣陕北文化这一目标永远前进！

1990 年 10 月

记沙棘开发先行者林顺道

> 春蚕到死丝方尽,蜡炬成灰泪始干。
>
> 他不是春蚕,却有春蚕的无私奉献精神,克制自己,为了别人;他不是蜡烛,却有蜡烛高风亮节的风格,燃烧自己,照亮别人。
>
> ——题记

1994年7月25日,风和日丽,艳阳高照。这一日和以往任何一个普通日子没有什么两样。然而,对于在风雨坎坷中熬过了近千个日日夜夜的林顺道同志来说,这却是一个来之不易和值得庆祝的日子——这一日是他潜心钻研、开发沙棘生产三年来首次获得成功并取得重大成果的一日——具有国内先进水平的"轩辕沙棘油"终于试制成功了。经省、地卫生防疫、质检等部门化验检测,"轩辕沙棘油"各项指标均达到标准,这将为贫困山区脱贫致富、发展经济打开国内、国际的新路子。当简陋的工房里传出隆隆的机器声,当工人们兴奋喜悦的笑声回荡在厂区上空时,林顺道那张布满皱纹、长期绷得严严的面庞上也轻轻浮起几丝微微的笑纹,像久旱逢甘霖的禾苗,像丝丝细雨冲刷下的荷叶。几年了,沙棘开发公司的人们第一次看见他这样甜甜地笑着。然而,没有加入这场含辛茹苦的开发、研制过程中的人们,又怎能知道林顺道这笑来得那样艰难、那样不可思议呢?

散　文

作为一名科技工作者，一种强烈的责任感促使他开发沙棘，为老区人民造福

　　从"农机大王"到"沙棘专家"，他创造了一个飞跃，正是这个飞跃，使他时近黄昏而不失锋芒，折射出更辉煌的人生之光。不惑之年的林顺道，是延安市农机研究所的高级工程师、副所长。参加农机研究工作二十多年来，他以渊博的知识和高度的热情为延安老区农机研究与推广事业做出了卓越的贡献，曾先后十多次获得国家、省、地各级的表彰和奖励。1990 年，鉴于他在农机研究与运用推广方面的优异成绩和卓越贡献，他被农业部评为全国农机科技先进工作者，1991 年被国务院批准为享受政府特殊津贴的突出贡献专家。他也因此更加坚定了在延安这块贫瘠的黄土地上默默耕耘、无私奉献的信念。认识他的人都亲切地称他为"延安农机大王"，而对于他潜心于沙棘项目的开发与研究却大多不知情。

　　延安是国内野生沙棘林较为集中地区，沙棘资源居陕西之首。吴起、志丹、安塞、宜川、黄龙等县遍布着一百余万亩沙棘林。改革开放后，随着沙棘油食用与药用价值的逐步发现，国内及省内许多沙棘基地被科研单位纷纷开发利用，沙棘产品层出不穷、走向市场，沉睡的野生资源被转换成滚滚的经济动力。面对此起彼伏的沙棘开发热潮，延安人并没有无动于衷。地委、行署的领导，科委、科协的领导都纷纷行动起来，立项目、订计划、拉开发……延安百万余亩沙棘林在朦胧中看到了生的希望。

　　然而，有资源没技术，有潜力没人才，开发沙棘仍然是句空话。怎么办？就在这时林顺道深入农村，通过大量调查研究发现，漫山遍野的沙棘长年沉睡在黄土地上，自生自灭，而贫困山区的农民生在宝山不识宝，只有把它当柴烧……面对珍贵的野生资源被白白浪费，林顺道心里十分难过，中央领导对开发沙棘的重要批示，农业部部长关于开发沙棘的报告，犹在他眼前耳际浮现。"一定要开发沙棘，为贫困山区农民做点实事。"林顺道心里默默下定决心。那还是1985年的冬天，林顺道跟同事们开始了省内外调查研究，东到山西杀虎口沙棘厂，西到甘肃省庆阳地区，南到厦门医药化工厂，几乎跑遍了全国沙棘开发搞得好的地区和有关设备厂家，随后向农牧渔业部申报了课题。1986年春，农牧渔业部启动了"沙棘产地加工工艺及设备研究"重大科研项目，林顺道被定为项目主持人。他和他的同事开始了紧张的课题研究。一晃四年过去了，林顺道和他的同事经过四年多的艰辛努力，终于取得了丰硕的成果。

1990年4月，农业部在宜川县召开了项目鉴定会，与会专家对研究成果给予了高度评价，肯定该项成果居国内先进水平。该项目进行了沙棘特性的试验和工艺研究，测得各种试验数据六千余个，他们设计研制的6GLX-490型沙棘清洗机和6GYE-20型沙棘榨汁机填补了国内沙棘加工机械领域的空白。研究提出的沙棘生产工艺先进、实用，为沙棘产地提供的中小型加工厂建厂成套技术图纸资料经在宜川组建沙棘厂证明实用可行，为山区沙棘资源开发创出了一条新路。该项成果的取得是来之不易的，林顺道为此付出了血的代价。那是在试制试验的关键时刻，1989年时，他由于长途跋涉、过度疲劳，在三原县美乐公司试验他们研制的沙棘清洗机时，在试验现场吐血不止。幸好离西安近，送到陆军医院抢救，人才脱了险。经过一段治疗，病情好转后他就要求出院，医生无法只得给他开了三个月的病休条，叮嘱他回家休养。

散 文

他回延安后把病休条放在一边,又投入了课题研究中。1992年,林顺道和他的同事所研制的6GLX-490型沙棘清洗机和6GYE-20型沙棘榨汁机被评为陕西省科技进步三等奖,1994年被农业部评为科技进步三等奖,这对于林顺道和他的同事来说是最大的鼓励。

然而,取得了科研成果并不等于彻底获得成功。如何把自己的技术成果转化为生产力,为老区人民多作贡献呢?林顺道又开始了沙棘油生产与加工的研究与开发。他要把自己的科技知识转化为生产力,他想要组建创办一个具有国内先进水平的沙棘油生产厂家,让延安市百万亩沙棘资源转变为经济动力,让更多群众尽快脱贫致富。

林顺道的热情得到了领导的信任和组织的支持,但也遭到了一些人的非议和讥讽,有人背后笑他多管闲事、自找苦吃、太傻。有人当面问他:"你搞农机研究几十年了,取得了那么多成果,现在快要退休了,又改行搞什么沙棘开发,你究竟图个啥?"爱人也对他说:"老林,隔行如隔山,搞沙棘开发需要付出精力和时间……你有胃病,血压又高,过度劳累恐怕身体支撑不下……我劝你还是算了吧,让上面另找个合适的人来搞吧。"面对别人的非议、爱人至诚至心的劝诫,林顺道也曾犯过难。可一想到自己是一名共产党员,想到那些长年生长在山洼沟坡上的沙棘果因无力开发而任凭风吹雨打、落地腐烂时,他的心里就像灌了铅一样沉重、难过。作为一名科技工作者,一种强烈的责任感使他咬紧牙关、暗下决心开发沙棘,为老区人民造福。

立足沙棘资源开发，把科研成果迅速转化为生产力，让沙棘产地贫苦农民尽快脱贫，这就是他的心愿

为了把沙棘开发成果迅速转化为生产力，林顺道在科研课题结束后，并未就此打住。他想到的是延安百万亩沙棘资源还未被开发利用，山区贫困农民还未脱贫，只有把资源优势真正转变为商品优势，科研成果才算转变为生产力。

为了借鉴国外的经验，1991年，林顺道到苏联进行了沙棘考察学习。在植物育种学家米丘林的家乡，他看见了沙棘新品种，看到了我国在育种上的落后，为此引进了十多个新品种。在弗拉基米尔市沙棘试验站，他看到了沙棘采摘机和沙棘加工机械。在该站他还看到他们生产的沙棘油，用于莫斯科几大医院的癌症患者，效果很好。当时他提出买一瓶样品，被试验站谢绝了，这使他震惊良久……

回国后，他下决心一定要试制出自己产的沙棘油，把沙棘开发成果迅速转化为生产力，随后他又投入了轩辕沙棘油开发的工作中。

为了摸清延安市野生沙棘林的分布形势与生长情况，他先后在黄龙、宜川、志丹、吴起等十多个县的近百个乡、村进行实地考察、调查研究，撰写了开发沙棘和组建沙棘油加工厂的可行性分析论证报告，并很快与省内、国内各科研院校、单位取得联系，达成了共同开发陕北老区沙棘资源的意向。1992年，经过林顺道的积极努力，在地区各级领导和科协的支持帮助下，延安市首个以沙棘综合开发为龙头的沙棘高科技攻关项目启动了，同时成立了延安市沙棘开发试验领导小组。为尽快把开发项目付诸实

散　文

施，有关领导还决定由林顺道同志负责组建延安市沙棘综合开发公司。

　　对于一个多年来一直置身于农机研究的人来说，改行搞沙棘研究，创办公司，这的确不是一件容易的事，林顺道就像以前热爱农机研究时一样，他一方面查阅沙棘资料，刻苦学习钻研，一方面深入山区第一线搞实践开发，几年来，他学习掌握了沙棘生长、栽培、管理、果实采收、加工等方面知识，记录了十余万字的学习资料和实践观察数据，并多次外出到西安、上海、南京等地观摩不同类型的沙棘油萃取生产工艺流程，深入系统地掌握了沙棘油加工的全过程和生产操作技术。为不延误时机，尽快让项目上马，他又急匆匆投入到考察市场、购买生产设备和建造厂房的紧张工作中。

　　1993年6月，他和公司一名职工去江苏无锡购买设备，当时正值酷夏，他不顾南方闷热干燥的气候，把出差日程安排得非常紧，从延安动身后就昼夜不停地直奔无锡。每到一处，为节约开支，他都坚持挤公共汽车，从不叫出租。赶到厂家后，他仍然顾不上休息，不顾双手起的湿疹痛痒难忍，一边验收机器配件，一边联系运输车辆，直到把所有设备全部安全运回延安，他才算松了一口气。没休息几天，他又和另一名职工去西安购买锅炉和部分安装配件。和他一同出差的职工都不愿与他同行，都说他把时间抓得太紧，让人喘不过气。是的，了解林顺道的人都知道，他办事谨慎、扎实、吃苦，别人干不了的他却能干。有一次他带着一名工人去买钢材，近两吨重的角钢，他和那名工人硬是一根一根抬上了车，抬到最后一根时，他的手心一不小心让角钢碴儿划了个血口子，司机看他疼痛难忍的样子劝他说："这是给公司办事，你掏钱雇人帮你抬上去,回去报销就是了。"他却认真地说:"我自己能干的事,决不花公司一分钱。"

在建厂房时,他和公司姚武国、李健、葛选生、许东、李小富(女士)等十余名工人同吃同干半年之久。为节约建厂经费,他带领工人从农村拣来石块和废砖头,亲自动手筑建了二十余米的隔墙,还为厂里盖了锅炉房和煤炭房,节约经费上万元。

一次,地区几位部门领导来厂参观,几次没有找到他,最后才发现他在和工人一起安装机器、维修厂房隔墙。看着林顺道满脸的汗水和双手的泥巴,参观的同志都惊讶地瞪大双眼,他们似乎不敢相信,一个高级工程师、国家级突出贡献专家会和一群普通工人待在一块干着繁重的体力活。然而,事实是不容置疑的。林顺道并没有因为他的职称和地位而把自己凌驾于工人之上。他用言行一致、一丝不苟的求实作风,默默无闻、任劳任怨的无私精神激励着每一个同志。大家同心协力、艰苦奋斗,在资金紧缺、条件简陋的情况下,克服重重困难,使筹建工作顺利地进行。

不愿坐守享清福,愿为事业多奔波

林顺道有一个幸福、美满的家庭。爱人王琴在行政部门工作,大女儿上了大学,小女儿也正在读高中,一家四口人过得愉快、轻松。许多人都对他说:"老林,像你这样有职称的人,待在家里每月也少不了那几百元的高工资,况且国家每月还给你发一百元特殊津贴费,你一不愁吃穿,二不愁没钱花,放着安逸舒服的日子不过,何苦还要四处奔波呢?"听了这话,林顺道却笑着说:"人应该时时有事去做,并不断突破。共产党员要把为党工作和为群众谋利益放在首位,不能光索取不奉献。再说人活着,也不

散　文

能光为自己着想，要多为别人着想。我的家庭的确是很幸福，但是没有党和国家的培养和关怀，我也许不会有今天。"朴实的语言蕴藏着他崇高的信念和追求——党和人民的事业高于一切。他不愿坐在家里享清福，愿为事业多奔波。

　　1993年秋日的一天，细雨绵绵，林顺道和往常一样依旧骑着他那辆自行车，依旧穿着那件棕色夹克上衣，没穿雨衣、没打雨伞、迎着风雨，艰难地向距市区十千米的沙棘开发公司骑去。雨打湿了他的衣服，风吹乱了他的头发，可他似乎忘记了这些，只是用力蹬着车子快速向公司赶去。当时沙棘开发公司正在安装生产设备，因公司人员少，安装任务重，又加上缺乏资金，工程进展艰难。为不延误工期，减少安装费用，他每天除了骑自行车从城里购买零配件外，还要赶时间到厂里和工人们一块抬机器、上配件。有一次，他因路上骑车淋雨着凉感冒了，头脑发晕，实在无法支撑。工人们劝他不要上班了，到医院看一下，可他考虑到设备安装进入极度紧张阶段，硬是坚持和工人们干到最后一分钟。下班后上厕所时，他昏倒在厕所旁，幸好被一名工人发现后及时扶到房间里休息。第二天，人们惊讶地发现，他还是照常骑着自行车从十千米外的市区赶来上班。原来他晚上回到家里吃了几片感冒药，早上起床后觉得稍有好转就赶过来了。几年来，他就是这样每天坚持骑自行车早出晚归，日往返行程二十千米，不计寒暑易节，不管风雪雨天，从不间断。如果把他几年来每天骑自行车的行程累计起来，那将是一串令人惊讶的数字：一万五千多千米的路程。然而正是这些不易被别人注意的数字，点缀着他人生征途上的坎坷与平坦，让他的人生迸发出阳光与泥泞相交织的光芒。

　　功夫不负有心人。经过三年多时间潜心研制、艰苦创业，延安市首批沙棘油——轩辕沙棘油于1994年7月25日试制成功，填补了延安乃至整个陕北地区沙棘开发的空白。为尽快把科技成果转化为生产力，加快延安群众脱贫步伐，林顺道又夜以继日、加班加点投入新的课题研究中，很快为该公司建成年产沙棘油十吨级的现代生产线。

目前，延安市沙棘开发公司已正常运转，所生产轩辕沙棘油通过省、地卫生防疫、质检等有关部门化验鉴定证实：内含人体所必需的生物活性成分百余种，其中有多种维生素、胡萝卜素、有机酸、氨基酸、黄酮、酚类、脂类及多种微量元素等，是目前国内、国际市场上一种很受消费者青睐的食用、医用保健药品。投产以来，已生产四千余瓶，产值达四十余万元。

1994年12月21日，陕西省人大常委会副主任来延安视察时，在地区科协负责人陪同下来到延安市沙棘开发公司沙棘油萃取车间兴致勃勃地观看了沙棘油生产工艺流程。当听完介绍后，副主任高度称赞林顺道说："沙棘开发是造福人类的好项目，你为延安人民脱贫致富闯出了一条好路子。"说罢便欣然提笔题下"开发沙棘、造福人类"八个苍劲有力的大字。这八个大字蕴含着领导的鼓励和期望，更鞭策着林顺道向更辉煌的科研顶峰攀登。

老牛已知黄昏晚，不用挥鞭自奋蹄

他总觉得属于他的时间太少了，于是他把自己置于忘我的境界，更加刻苦工作、分秒必争。

光阴荏苒，岁月飞逝。时已不惑之年的林顺道像燃烧的蜡烛在熄灭前却能迸发出耀眼的光芒一样，专心致力于一项项新的开发课题研究中。沙棘油试制成功后，产品加工进入到正常生产阶

散　文

段。当沉重的机器开始运转，当隆隆的轰鸣声打破寂静，回荡在厂房周围时，工人们都说，老林这回可以休息几天了。然而，他并没有休息。他在思考沙棘综合开发的前景，思考后续组建沙棘基地，沙棘工业园区，综合开发加工沙棘汁、沙棘晶、药用沙棘产品以及沙棘渣饲料等事务，最终形成陕北沙棘开发产业链，真正达到开发沙棘加快脱贫，造福人类。这就是他奋斗不止的心愿。

1994 年 9 月

记延安医科专修学院的老师

在延安医科专修学院，有一大批来自省、市医学院的热心教师，他们默默无闻、爱岗敬业，用满腔赤诚与对医学教育事业的无限热爱，长年累月、不计寒暑易节地往返在西延两地，置身于三尺讲台，默默地为老区学子做出无私奉献。他们用自己渊博的知识、精湛的医术为延安医科专修学院培养了一批又一批优秀的医学专业人才，他们就是来自陕西省中医学院和延安医学院的医学专家和教授。

马景贤：花甲之年献余热

从医从教三十余年的马景贤教授是陕西省中医学院解剖教研室著名专家、教授之一，1995年延安医科专修学院创立后，他受聘担任中西医结合大专班"人体解剖学"授课教师。当时他已是花甲之年，老伴和孩子考虑到延安条件差，不愿让他来授课，可他一听说延安医疗教育很落后，急需加强和发展，便说服了老伴和孩子，毅然放弃了优越舒适的熟悉环境来到地处距延安市十多千米的延安医科专修学院。当时正值酷暑季节，延安气候干燥而闷热，马景贤老师不顾年高体迈、路途艰辛，进校后就投入繁忙而沉重的教学任务中，面对班里一个个如饥似渴的求知者，马老师感到自己肩负着神圣的责任。为了使学生们能尽快掌握人体解剖专业知识，他每天从早上八点上到晚上九点，坚持上七节课。

对基础差的学生,他采取加班补课、单独讲解的办法,经常加班到深夜。对理解能力差的学生,他讲解时尽力做到通俗易懂、反复讲解,直到每一个学生听懂为止。那段时间,由于学院刚创办,住宿条件还很差,马老师住在一间仅有二十余平方米的屋子里,屋子里除了一张木板床和一张简陋的备课桌外,几乎再没有其他可供他使用的东西。开学后,由于办学经费困难,学校没有因为他是老教授就给他开小灶,有段时间他竟然十多天没吃一口肉。然而,他并没有在乎这些,对他来说,重要的是无穷无尽的付出,而不是索取和享受。马老师就是这样以一个老医学人的胸襟和情怀,在条件简陋、食宿极差又远离家人的延安医科专修学院不辞劳苦、忘我工作了一个又一个的酷夏寒冬,正是在他的无私奉献和辛勤浇灌下,延安医科专修学院的学子们才如雨后春笋般茁壮成长。建校四年来,学生解剖课程考试平均成绩连年递增,由建校初的单科过关率从61%提高到88.89%,同学们在欣喜于自己优秀成绩的同时,更多的是对马景贤老师的感恩和称赞。

严玉虎:一心扑在教学上

严玉虎,这位年仅二十七岁的关中后生,曾是陕西中医学院协和医科大学的首届大专学员,后任延安医科专修学院法定代表人、常务副院长,主管全院教学工作,他是学院这支优秀师资队伍里的一颗充满活力而又璀璨的小明星。他以对中医理论独到的见解和卓识承担起全院大专一年级两个班的"中医基础理论"课程,同时他还兼任九八级二班班主任工作。在延安医科专修学院建校四年来艰辛的历程中,他和院内其他教职工一道,含辛茹苦、艰苦支撑,克服了多方困难,在日无饱食、夜无睡熟的情况下,始终坚持在院内教学第一线。清晨，东方还未发亮，是他带领教职工和全院近二百名同学出操；夜晚，当同学们熟睡的鼾声此起彼伏时，是他带着保卫科的同志巡回在宿舍周围值班查夜……在学院里，他的身影随处可见，可以说每一个学生的生活起居、学习休息都牵连着他这个既当院长又当老师的心。

在教学上，他以身作则，严于律己，从来没有因为自己是领导，因工作忙而延误给学生授课。

有一次，市教委研究召开社会力量办学检查会议，他照例去参加，恰巧教务处给他安排了连续五天时间的"中医基础理论"课程，为了不延误课程，他白天开会，晚上回来利用晚自习时间给学生补课，连续五天过去了，学生课程一点也没有耽误，而他却因连续熬夜过分疲劳而感冒高烧晕倒在家，幸亏及时治疗才脱离了危险。

还有一次，他外出给学院办事，回校后，课程耽误了一部分，他便放弃了星期天的休息时间，硬是一节一节把拖延的课程给同学们补上，同学们和其他授课教师都感激地说："严院长真是一心扑在教学上！"是啊，作为一校之长，他心里没有别的，只有学生，只有教学。

众志成城建新碑

一支高素质的师资队伍可以带出一个学校好的校风、学风，培养出一批德才兼备的优秀人才。在延安医科专修学院里，无论是知识丰富、老当益壮的专家、教授，还是年富力强、青出于蓝的青年教师，大家都秉承着一个共同的职业素养，那就是爱岗敬业。年已七十四岁的贺长志老师是原延安卫校的教务主任，退休后来到延安医科专修学院负责教务工作。他每日从卫校到学院往返十多里路程，早到晚归，风雨无阻。为了使学院教学管理上台阶、出质量，他通过调查研究、走访授课教师和听取同学意见，在一个多月时间里，制定了适合本院发展的教学大纲和教改措施，使学院专业设置和课程设置日趋科学化、合理化，有力促进了教学工作的顺利开展。班主任吕平、张进忠老师，还有来学院工作不久的韩向珍老师，爱校、爱班如家，为了使所带班级学生纪律和学习赶上去，他们白天工作，晚上加班学习管理经验，自费购买了《教育心理学》《怎样当好班主任》等书学习，不断提高自身业务素质和管理水平，使所带班级同学纪律与学习日益进步，同学中"比学赶帮"的良好风尚已经形成，校园精神文明蔚然成风，教学质量稳步上升，学生成绩排名连续三年在全市统考中名列前茅。

　　由于有一支数量足够、结构合理、专兼结合的师资队伍，有一批爱岗敬业、恪尽职守、默默奉献的优秀教师，延安医科专修学院的教学与管理工作才得以蓬勃发展，校风、校纪、校貌才能焕然一新，教学质量才能稳步提高，学校才能受到省市教委和社会各界人士的好评。目前，延安医科专修学院已被市教委列为延安市民办高校"楷模工程"院校，同时又被省教委列为省级明星院校验收对象。所有这些，无不凝聚着每一个教职员工的默默耕耘和无私奉献！

1996 年 11 月

"美丽乡村行",聚焦南泥湾

2014年8月20日,由省、市20余家媒体组成的"美丽乡村行"采访团走进了南泥湾,亲身感受南泥湾镇"美丽乡村"的风采,用手中的笔和镜头真实地记录下"陕北好江南"的喜人变化。

该镇位于延安市南35千米处,全镇辖29个行政村和1个社区,共有3310户12782人,以农业和红色旅游为主导产业。1941年,八路军359旅在旅长王震率领下奉命进驻南泥湾,把一个荒无人烟的"烂泥湾"变成了"陕北好江南"。据区政府、区委宣传部和南泥湾农场的负责人介绍,由于种植水稻劳动强度大,且南泥湾水稻为每年一季稻,加上传统的耕作方式等因素影响,种植水稻收益近年来持续走低,群众种植水稻的积极性越来越低,大量稻田荒废。

2011年4月,该镇被确定为市级重点镇。为了重现"陕北好江南"的风貌和自然,全面恢复当年359旅开垦的水田,该镇以得天独厚的生态环境优势和鲜活的红色资源优势为依托,以优质、高效、高产、安全为发展方向,规划实施稻田整理项目,鼓励农民以合作形式积极种植水稻。项目规划设计总面积5000亩,总投资5000万元,涉及南泥湾农场、部队及南泥湾村等9个行政村。工程以整理基本农田和配套水利设施为主,同时修建田间道路、农田防护林、排洪渠道等。经过多方努力目前已完成投资4500万元,完成土地平整4000亩,其中稻田2000亩;修建道路10

千米、农田道路 2 千米、排洪渠 15 千米、灌溉渠 14 千米、桥涵 23 座，栽植树木 3 万株，奠定了生态、高效的水稻生产基础。随着稻田整理工程的全面推进，该镇水稻种植面积全面扩大，目前水稻种植面积达到 2000 亩。同时，该镇狠抓农田道路、水利等基础设施建设，使土地利用结构和产业结构得到合理调整，使荒废的稻田重新得到充分利用，实现了农村剩余劳动力就地转移，增加了农民收入，促进了全镇经济的稳步发展。

如今，该镇正在打造集旅游、生态、观光为一体的红色休闲小镇。在水稻种植基地的带动下，该镇农业产业得到了快速发展。

呈现在 20 余家媒体人眼前的是一个"山清水秀稻花香"的"陕北好江南"。南泥湾镇千亩水稻种植基地，一望无际，深绿中透着金黄。那一片又一片涌动的稻浪，秋风过处，稻香醉人，扑鼻而来。媒体人面对此情此景，感叹不已："真是不虚此行，希望我们下一次来，这里变得更美丽。"副区长刘刚同志欣喜地告诉记者们："左看右看南泥湾，道不尽的还是咱陕北的好江南！"

2014 年 8 月

甘谷驿镇治沟造地侧记

2014年8月中旬，笔者走进宝塔区的甘谷驿镇，目睹了该镇在顾屯流域治沟造地、流域综合治理方面所取得的喜人成果。在该流域农业综合示范区的何村、疙瘩、背河、胜利河、薛家沟等6个行政村46平方千米的流域治理区内，治理一新的"田成方、村成网、渠相通、路相连"的美丽乡村景象，随处可见。

站在一个山峁上，顺着该镇李镇长手指的方向举目望去，山根处一条蜿蜒伸向远方的平川地上，玉米、穄子成片生长，长势茂盛，犹如缠绕在群山脚下一条条绿色的裙带。山坡上退耕下来的坡地已全部种上菜、栽上树。农村新修的道路上已经铺好了石子和柏油，车辆穿梭而过，新路成为连接四邻的交通主线。不远处，一座新建成的大坝映入眼帘，村民饲养的鸭子正在戏水，宽阔而平静的水面漾起层层涟漪。

多年来，广种薄收的现实让许多村民放弃土地外出打工，田园荒芜，乡村萧条。如何能尽快让群众安居乐业，过上富裕生活，成了该镇亟待解决的民生问题。

2011年，宝塔区政府出台了"治沟造地、退耕还林、移民搬迁、土地流转、现代农业"五位一体的现代高效农业综合开发示范政策，全区掀起了建设以生态、环保、产业、设施、道路为主，涵盖农、林、水、牧各行各业全面发展的治理热潮。以治沟造地、退耕还林、移民搬迁为重点的项目建设在该镇也随之有序开展。

治沟造地奠定丰产基础，生产生活条件大为改善

顾屯流域总流域面积 40.3 平方千米，主沟道长 12.2 千米，总人口 606 户 2191 人。原有耕地 5354 亩，其中基本农田 2818 亩，人均 1.29 亩。2011 年以来，在区水务、林业、农业交通等部门积极参与下，该镇在该流域大力实施治沟造地项目，坚持山、水、田、林、路、坝、渠、退耕综合配套的思路，一次规划，分年度实施，连片开发、整流域推进。截至 2013 年，已实现"田成方、林成网、渠相通、路相连"的综合治理效果，规划造地 7897 亩、新增土地 2080 亩。项目实施完成后，流域区内高标准农田人均可达到 2.24 亩，人均新增 0.95 亩。新修排洪渠 13.15 千米、砂石道路 10 千米、生产桥 9 座、新建骨干坝 203 座，栽植乔木 11.25 万株，草灌结合 924 亩。

沟壑变良田、坡洼栽满树，羊肠变大道、溪流蓄成坝。治沟造地、综合治理改善了乡村生产、生活条件，提高了土地利用率，为农林牧畜全面发展奠定了基础。

退耕还林全面实施，移民搬迁深入推进

退耕还林是该镇流域治理工作的一项重要环节。2011 年以来，全镇退耕还林 14009 亩。为了全面巩固退耕还林成果，2012 年秋季，该镇在顾屯流域疏林的 2781 亩土地上，挖育林坑 61.2 万个，完成全部乡土苗木和侧柏的栽植。2013 年，该镇又组织干部群众，对流域内 3271 亩 25 度以上坡地耕地全面实施新一轮退耕还林。

治沟造地项目启动以来，为了改善村民居住条件和环境，针对部分群众居住分散、部分住宅存在安全隐患这一现状，镇政府通过调整摸底，对流域区内涉及的 478 户 1520 人村民，规划安

置在唐坪安置小区和东镇居民住宅区。目前，已有 24 户农民搬迁至安置小区，群众居住区到生产区将形成"一刻钟生产生活圈"，缩短村民往返生产路程与时间，使村民的劳动生活发生质变，让村民能快乐地享受山村幸福生活。

土地流转有序开展，现代农业已经起步

在逐步治理、巩固、稳定土地面积的基础上，该镇针对各村土地承包实际，以保障农作物生产用地为重点，对新增归村集体所有的土地，进行适时引导，帮助他们流转，受益村民全体分红。同时，按照依法自愿原则，把部分农户不愿耕种的土地租回来，向企业和种植大户流转。目前，该流域区土地已向种植大户流转 800 亩，部分村土地也正与相关企业洽谈，土地流转与高效利用正在乡村各户有序进行。

2013 年以来，结合旱作物农业科技推广项目，该镇在流域区打造了千亩"双垄全膜沟播"玉米种植示范点，推行测土配方施肥，对每亩地施加 2500 千克农家有机肥和 50 千克化肥，提高土壤肥力，并通过引进深翻旋耕技术来改良治理板结地块，以提高土地利用率。

由于适时开展了土地流转，引进、加大农业科技推广运用，甘谷驿镇现代农业发展已经起步，土地利用率及产值不断提高，农民依靠土地增产增收的积极性日益高涨。外出务工人员陆续返乡归田，多种经营、种养结合，全面发展的小康局面正在形成。一个山川秀美、欣欣向荣、五谷丰登的新农村呈现在人们眼前。

2014 年 8 月

延川县黄河文化采风见闻

　　以乾坤湾为代表的黄河秦晋大峡谷奇观和令人惊叹的人文景观，与陕西延川民俗民风、红色文化、黄土区位地理等，相互兼容、相得益彰，共同构成了黄河文化区域一道道亮丽又奇妙无比的风景。

　　2014年10月14日，天色阴霾，秋风瑟瑟，骤变的天气让人感到深秋的苍凉，但随延川县"魅力延川"新闻媒体记者采风团逆风而行的30余名记者却一个个饶有兴致、满脸惊叹地在乾坤湾黄河蛇曲国家地质公园区域内的山山峁峁上采风。脚下是厚厚的黄土，眼前是雄壮屹立而又连绵不断的群山，这千壑万沟、怪石嶙峋、山河交汇所构成的黄河流域特有的景致，让采风记者们惊叹不已！

　　乾坤湾在延川县土岗乡，位于延川县城南部53千米处。乾坤湾是一幅天造地设、气势恢宏的天然太极图，是黄河古道秦晋峡谷上一大天然景观，是陕北延川，也是世界上一个无比亮丽壮观的景点。黄河流域是华夏民族的发祥地，而黄土高原陕北山谷则是华夏民族的摇篮。延川县地处黄河中游陕北黄土高原腹地，是远古先民生息繁衍的主要区域之一。

　　黄河这条母亲河，流经延川县境68千米，在这一段黄河畔上就有4个古渡口，5个"S"形大转弯，6个仰韶文化遗址，7

个古城堡，8个古山寨，38个黄河流过的村庄和许许多多美好而神奇的传说。在她流经土岗乡大程村、小程村和伏义河村一带时，浑然天成5个巨型大湾：漩涡湾、延水湾、伏寺湾、乾坤湾、清水湾，形成了一个个神秘的造型，留下了一个个古老的神话。乾坤湾，因酷似阴阳太极图，被誉为"天下黄河第一湾"。相传远古时代，华夏始祖伏羲氏在这里"仰则观象于天，俯则观法于地，观鸟兽之文与地之宜，近取诸身，远取诸物，于是始作八卦，以通神明之德，以类万物之情"，创立了太极八卦图及阴阳学理论。站在高山之巅，极目远望，眼前山峦起伏、沟壑纵横，黄河犹如一条巨龙在黄土高原丘陵沟壑间穿梭奔腾。位于"S"型黄河古道边畔上的问怀村和伏义河村，犹如黄河巨龙怀抱其间的"阴阳鱼"，这段黄河古道就是乾坤湾。它令人遐想、发人深思、牵人魂魄，成为秦晋黄河大峡谷一道亘古恢宏的绝美风景。

2014年，延川县政府立足当地资源优势，实施"文化旅游兴业"发展战略，在保护原有自然景点资源的前提下，开发"黄河蛇曲地质公园"这么一道亮丽的风景，并通过规划定位、景区划分、政策扶持、招商引资，建成延水关黄土高原风情区、伏寺河谷生态探秘区、乾坤湾中华探源及黄河览胜区、清水湾时尚休闲度假区四大主题景区，为延川文化旅游产业发展带来新的重大机遇。

随着延川乾坤湾景区知名度不断提升，"品尝延川红枣、体验黄河漂流，观赏乾坤胜景、感受黄土风情"成为旅游新风尚。2013年，乾坤湾景区已被评定为国家AAA级旅游景区，旅游人数达到30万人次，旅游综合收入达1.5亿元。乾坤湾已成为国内知名的黄河峡谷景观、陕北黄土地貌和风情文化旅游目的地、延安旅游新高地。

2014 年 10 月

杂感篇

散 文

感恩节

今天是感恩节。感恩父母,给了我生命,并用博大的爱心养育了我;感恩亲人,给了我温暖,并让我因为爱,有了永不放弃的信念;感恩朋友,给了我快乐,并陪伴鼓励我度过那些风和雨;感恩生命中遇到的每一个人、每一次相遇、每一份珍贵的缘分;感恩让我的生命丰富美丽、生活多姿多彩的一切!感恩我们赖以生存的大自然,感恩亲朋好友!心存感恩,心有大爱,努力向前,一路向前!

气象节

今天是气象节,腊月二十二。新的一天,承载着新的希望。奔波在崎岖山路上,一路前行!路漫漫其修远兮,吾将上下而求索。雄关漫道真如铁,而今迈步从头越!

春 雪

正月初三,下雪。春风迎新年,春雪润天地。兰花绽姿舞,凌晨当窗开!新年新春新天地,一个充满生机的羊年掀开了新春的面罩,迸发出勃勃希望!新年新起点,祝愿亲友们羊年有大发展,实现宏图夙愿!

宁静致远

静以修身,学须静也。非宁静无以致远。宁静才能够修养身心,宁静才能反省自我。不宁静，则难以有效地计划未来。工作、学习的首要条件，就是有宁静的环境，宁静的心态。现代人大多数终日忙碌，身处喧嚣浮躁中，是否能在忙乱中静下来，反思人生方向？

奉　献

鲁迅夫人许广平所写的《欣慰的纪念》中，记载鲁迅的名言："我好像一只牛，吃的是草，挤出来的是奶、血。"著名作家路遥有一句名言，后来被刻在了他的墓碑上，成为他一生的写照，那就是"像牛一样劳动，像土地一样奉献"。

在陕北，我的朋友中，也有许许多多像牛一样劳动，像土地一样奉献的人，他们像黄牛，甘愿吃苦。我的老师苏世华同志几十载春秋辛勤工作，劳碌不辍，晨夕间隙著书立说，传益于人，先后出版《重归伊犁河》（散文卷）、《远去的黑鸦》（小说卷）、《再回甘谷驿》（诗歌卷）。他还耗时一年多时间筹备，组织成立了延安诗词学会，吸收爱好诗词创作的青老年诗词作家和诗词业余爱好者入会学习、创作、分享，创办了《延安诗词》内刊。卓有成效地推动了延安诗词的创作、发展。

榆林游

周日，我和王宽、马应东、雷宏斌等朋友一起去榆林游玩。草原碧空如洗，微风吹动，朵朵云团飘过头顶，宽阔广袤的高原上洋溢着春去未褪的明媚与初夏未浓的灼热。风吹草低，荒漠寂寞，虽是初夏，不见春深，一片枯荣，扰了心境！好在沙漠里有点绿色，还有阳光普照下的榆林新城让人眼前一亮！

相思湖

洛川相思湖生态景区是镶嵌在黄土高原的绿色氧吧！这里群山环抱，碧水蓝天，连绵起伏的山峦上绿树成荫，随风而动的水波起伏荡漾。环境优雅，空气清新，不一样的山连接着不一样的水，不一样的天地蕴含着不一样的山水灵气。

端　午

吃着香甜绵软的粽子，遥望屈原远去的灵魂，追寻前人当年铿锵艰难的步履，重温那句激人奋进的警世之声："路漫漫其修远兮，吾将上下而求索！"感慨端午遗恨已随前人而去，浩然正气常留天地之间，手捧粽子遥敬前人灵魂，谨记遗志愿效拳拳报国热心！今日端午，谨以此纪念屈原！

岔路口

人生常有拐弯处。拐过弯，也许就是"柳暗花明又一村"！假如你遇到拐弯处，要大胆，要谨慎；莫大意，莫徘徊。面对人生各种岔路口，做好选择，然后毫不犹豫地向前走吧，踏过坎坷，辉煌就在脚下！

天然氧吧

　　我的朋友马应东先生在延安南三十里铺后仁台拐沟里打造了一个纯天然、原生态、世外桃源般的绿色氧吧。这里高山绿，清水长，天蓝蓝，云雾缭；这里森林茂密，绿树成荫，古木参天，曲径生幽，绿浪送香，是一个吸氧、休闲、度假、养心安神的好地方，是建在延安城附近的一个纯天然原生态养生氧吧！

银川印象

　　古老的"兴庆府"，美丽的"凤凰城"；博大的黄河文化，神秘的西夏王朝；浓郁的回族风情，富饶的鱼米之乡。蓝天下朵朵白云飘到天际深处，烈日下暖风披着绿茵裹住了曾经裸露的沙漠。浓郁粗犷的边塞文化与自然景色融为一体，九曲黄河承载着华夏历史的沧桑，书写着中华民族文化新篇章，中原文化、河套文化与丝绸之路的相互交融，赋予了这里丰富多彩而又富有鲜明特色的旅游资源。银川，如诗、如画、如歌，让人流连忘返！神秘的宁夏，美丽的银川，一个让人有梦的地方！

中秋节

　　沧海月明，思念越千山；烟波万重，祝福遥相送。披一身风霜，你奔忙异乡；藏一怀衷肠，你步履匆忙。中秋佳节，不论身处何方，祝愿花好月圆，幸福安康！

散　文

北京印象

国庆假期的北京人如海、车如海、楼如海、花如海、天地如海、繁华如海，天安门雄立东方！

暖　阳

冷雨后的晴日，一缕柔和阳光暖暖地照射在清冷的早晨！霜降后的太阳温暖着千家万户！早安！

秋雨迎冬

明天立冬。秋天最晚的一场雨，洗刷了城市的脏泥污垢，似乎也拂去了天地间的浮躁喧嚣。环境变得更加清净亮丽，人心也似乎得到净化。丝丝凉风带来的寒意让人感受到了冬天的韵味。早安！

少点社交

在你还没有足够强大、足够优秀时，先别花太多宝贵的时间去社交，多花点时间读书，给自己充电加油。放弃那些无用的社交，提升自己，世界才能更大！早安！

与妻私语

陪爱人、儿子在北京颐和园游玩，与妻私语：你许我终生四季相伴，不离不弃；我陪你走到天涯海角，如影相随！放下一身疲惫，放纵一下自己，陪你一起看春色！

赞女记者

一粒被风吹落的种子埋身于荒芜中，它不敢寄托生命于肥沃良田，更不敢奢望有人给自己浇水施肥，却不想春风吹醒了它，春雨滋润了它，阳光普照下它茁壮成长了起来。当暖阳高照时，它和那些鲜艳的花儿一并开在春天的芬芳中；当秋天来临时，它居然用满身硕果香溢了四野，香溢了天地！她像一粒种子，她像一株野草，她像一棵大树，她更像一位把坎坷曲折踏在脚下的登山者。她像风吹暖一湾山川，像雨滋润一道旱坡，像阳光普照高原，用爱与责任孜孜以求，用小小身躯支撑着一个美好的理想并付诸实践、回报社会！她，就是女记者呼延河同志。

"三八"节到了，祝所有生活在坚强追求与热情奉献中的女人们节日快乐！

又出发

忙碌的脚步稍息后又迈向远方，疲惫的身心略作调整后依旧整装待发，扛着沉甸甸而朦胧的希望一路向前。好在初夏的边塞绿意盎然，让人心情释然欣慰。

散　文

瞻仰穆柯寨有感

在小说《杨家将演义》中，穆桂英原为穆柯寨穆羽之女，武艺超群，机智勇敢，传说有神女传授她神箭飞刀之术，后成为杨门女将中的杰出人物。穆桂英与杨家将一起征战卫国，屡建战功。穆桂英中年犹挂先锋印，深入险境，力战番将，大获全胜，是中国通俗文学中巾帼英雄的典型形象。

穆桂英大破天门阵的故事在中国家喻户晓，妇孺皆知！今天站在这位战功赫赫、精忠报国的女将军像前，面对天下太平、百姓安居的祥和社会，我由衷地对这位女英雄肃然起敬！

晨　曲

一缕秋风吹起，清晨的阳光穿过雾霾，远去的白云在空中飘荡，秋天涂满了爱的色彩。我只愿岁月中，我在、你在、他也在，希望在、精神在、追求在，天空更湛蓝、道路更宽阔、硕果撒满地！早安！

生活如麻

苦闷、纠结、无望笼罩了整个身心。生活是团麻，幸运的人会把它编织成花，不幸的人可能越理越乱，难以自拔！秋收季节，有人分享着收获硕果的喜悦，有人却吞食着生活的苦楚与辛酸。如梦浮生中，无论你如何努力求索，常常是恨长愉短，纵使你心境再平和，定也有难以释怀的忧伤！点燃一支苦涩的雪茄，让煎熬岁月随梦轻飘。

世外桃源

这里的世界静悄悄,没有喧嚣,没有纷争,没有污染,没有浮躁。山清水秀,天蓝气爽,与世无争,世界安好!

静夜思

静静的夜,没有喧嚣吵闹,没有灯红酒绿,没有山珍海味,一天劳碌换来牛肉拉面一碗,安慰一下肚子准备回家。面净汤清之后,碗也归于平静,一天总算有了着落!路上行人依稀可辨,跑累了的车终于停在路边或楼下歇息。十字路口夜灯下依然有蹲摊守候的老人,还有在夜色中迈着疲惫脚步匆忙回家的人。漆黑的夜深旷而寂静,好在上天并没有吹灭所有的灯,她留下点点闪烁的星光照着回家的人,使得他们免受孤独!

夜 行

夜色茫茫,寒风瑟瑟,驰骋高原北上匆匆;雄关漫道,隧洞深幽,但凭飞轮碾碎时空!

冬日麦田

天地茫茫,阴霾低沉,雾霭笼罩了大地,关中平原一派冬日气象。沿途的麦田里大片大片绿油油的麦苗迎着寒风依然散发着淡淡的芳香,彰显着生命力量,展示着自我魅力,绿化着秦川大地。

散　文

读蔡文姬

"十六拍兮思茫茫，我与儿兮各一方。日东月西兮徒相望，不得相随兮空断肠。对萱草兮忧不忘，弹鸣琴兮情何伤！今别子兮归故乡，旧怨平兮新怨长！泣血仰头兮诉苍苍，胡为生兮独罹此殃！"重读蔡文姬《胡笳十八拍》，感慨良多，"回归故土"与"母子团聚"，蔡文姬不能两全。母子连心，两难之中，怎不令人扼腕长叹！

春　雨

春风荡漾柳絮飞扬，塞北踏青重睹芳华！风暖芳香，雨润翠绿；春风化雨拂新了自然的面孔，万物绽放生机，大地春意盎然，一个欣欣向荣的世界彰显初春活力！

黄陵桥山行

桥山之巅，沮河两岸，翠绿连绵，碧水荡漾；夏暖坊间，花香四野，骄阳高照，风光旖旎。黄帝功德垂千古，代代相传润华裔。

画葫芦

下笔生辉，葫芦锦衣！朋友送我两个葫芦，放在办公室许久，今天适逢著名画家赵东方老师来寒舍小坐，邀其给葫芦穿件画衣。赵老师挥笔泼墨一气呵成，两个巧夺天工、造型奇异的可爱葫芦就在赵老师笔下露出栩栩如生、笑容可掬的逼真神态，彰显出非凡风采!

紫藤画

著名书画家郑玉杰老师书画新作可谓是：紫气一藤迎北斗，花开富贵红运来！

悲 秋

秋风瑟瑟，秋雨凄凄，天地一片灰暗，世界满目迷茫，惆怅无处安放，身心苍凉！

大自然

放下一身疲惫，逃出烦心纠结，置身于大自然中，自会发现自己依然是这个世界最美的风景！凛冽寒风吹醒了满身迷茫，天地之大包容了喜怒哀乐，沧桑岁月磨砺了意志，生命之美绽放在寒冬春风中！

除夕夜

这一刻，收起忙碌的脚步，放松疲惫的身子；这一刻，或苦或累，或辣或酸，我们已经走过，跟往事干杯。打开期待的心扉，放飞新年的希冀，迎接全新的挑战！戊戌年，我们远航！

散 文

清明节
春暖芳香，雨润清明；光照大地，万物复苏；花蕊温馨，天地荣华。一个清明朗朗的世界徒然妖娆人间，看我中华，今朝如此多娇！

安康游
画里安康，梦里水乡，天高湛蓝，湖水绿波，往事越千年，瀛湖煮新歌！

过蜀道
蜀道漫漫，沟壑纵横。天地高远，群山连绵。山重水复墨绿深，车轮辗转夏阳匆。雄关漫道真如铁，蜀道今日变通途！

赏好友郑玉杰新作
楚色江三接，荆门九派通。江流天地外，山色有无中。

向前看
与好友袁茂林、郑玉杰、高鹏飞等赴西宁。无论昨天是辉煌还是快乐幸福，毕竟如流水一样一去不返了，留下的只有回忆与怀念，更多的是感慨！不要对人生充满太多的憧憬与梦想，真正的快乐往往就藏在平和的心境背后。岁月蹉跎，往事不再回首，放下彷徨，拿起背包，踏上征程，一路向前，只求岁月平淡静好！

京延中学校园随感

秋风徐徐，艳阳拂面。延安京延中学校园历经岁月洗刷依然沿河依山而挺立。秋色深黛，杨柳依依，满园生机不逊春。风起安塞，擂鼓安边，谱写新章，壮哉京延！

泾阳茯茶

丝绸之茶，神秘之茶，生命之茶！位于陕西泾阳境内的茯茶镇，茶铺星罗棋布，茶香浓郁远飘；游人与茶客交织，古镇与天地同辉。铁壶煮茯茶，溪水映蓝天；丝路黑黄金，茶香飘千年！

元旦寄语

新年的钟声快要敲响了，春天的脚步临近了。日复一日，年复一年，日月和四季在时间轮回中交替往复。然而，变的只是流逝的岁月，不变的依然是人们从早到晚的忙碌和期盼：一年又过去了，一年又来临了，农民为播种、收获而忙碌，工人为上班、生产而忙碌，学生们为求知、进步而忙碌……一切都在忙而有序地进行着。忙碌中经历着艰辛，更孕育着希望；忙碌中充满了辛酸，更诞生了硕果！过年了，刚刚放下疲惫又要赶着忙碌：面对匆匆飞逝的时光，面对充满竞争的挑战，面对生存日益艰难的巨大压力，面对日渐缩小的生存空间和浮躁难安的心态，我们只有艰难地忙碌着，充满希望地忙碌着，在忙碌中规划蓝图，在忙碌中体现价值，在忙碌中播种明天、收获未来。新的一年来临了，抓紧时间休息几天吧，新年的钟声为将要投入新的忙碌中的人们敲响了号令！2011年，我们忙碌！我们收获！

寻 觅

春风徐徐吹绿了黄土高原的山根，点滴鲜绿带着柔柔的温馨，随风儿顺着脸颊缓缓拂过，吹来了一个清新的世界，却吹不去我满腹的惆怅与浓浓的忧伤！面对都市里充斥的浮躁和喧嚣，每天跻身于二道街川流不息的人流中，我感到茫然而无奈，内心深处渴求一个僻静的小屋，让累了的身心在那里歇息。然而，在这大千世界、茫茫人海中，哪里有我可停靠的港湾？

静坐在十五楼茶馆，隔窗观看沉思的宝塔在延河之巅静静地期待，不老的希望延续着年复一年的无限梦想。山根下萎缩的延河，似乎永远不知疲倦，日复一日孜孜爬过一湾又一湾。煎熬的日月载着苦苦的追寻，就这样在沉默与忧思中默默走过。茫然中，孤独的心支撑着包容与大爱，依然面对着这一切，上下求索着追寻自己的归宿。

春 节

春光明媚，暖阳高照。焕然一新的城市里高楼林立，满目雄壮，尽显新时代富强之美！而新年，已不是我们儿时经历或记忆深处的那种热烈向往的模样。街上看见的只是许多私家车匆匆行驶，他们或拜年，或走亲访友，或看望领导。街道上没有张灯结彩，没有人声鼎沸，没有锣鼓喧天，没有热闹非凡。记忆中曾经红火的年味，渐渐消失在愈富愈寡的人情中！儿时记忆深刻的那种传统年味文化，却安静清冷地悄然走远了……

说金钱

都说金钱是身外之物，可这句话也只在死后才能适用；都说学会原谅才能云淡风轻，可曾经那一次次的真心谁去证明？也许身在尘世，我们都是人前伪装背后心伤；也许慈悲的岁月终会抚平那些疼痛，可如今的我依然要在尘世中做一个呆呆的不倒翁。流年辗转，多少曾经渐行渐远；岁月无脚，却走得飞快。为了人生不苍白，为了爱的人幸福花开，再沉重的脚步我们也没有理由停歇。回眸过往，我知道舍与不舍都已无缘重来，艰难抉择之后我已学会妥协，公平不公平我也不会去苦苦追问，好与不好我也只能面对未来。

经 历

跨过一道坎，成熟一次；
转过一个弯，聪明一回。
一路走来所有的经历，
都是人生的沉淀。
慢慢地我们会发现，
困难越来越少了。

其实不是困难真的减少,
而是我们已经足够坚强。

及时雨

  好雨知时节,万物欣逢生。拂面的暖风一波一波掀开了大地的面罩,刷新了充满盎然生机的自然本色。盈盈的和风细雨,尽情地滋润万物。一个生机勃勃的世界,绽放出青春的生命色彩!四海无闲田,万物拔节高。这个不一样的夏天注定不负春光!

立 秋

  在这个禾谷即将成熟,满地即将铺满金黄的季节,愿每一个勤劳的你,都能与播种时的期待撞个满怀!秋风爽爽吹起,收获满满而来。立秋了,一个沉甸甸、金灿灿的季节如期而至。秋天,你好!

春 愿

  在这个崭新的开始,让我们向春天许下美好的愿景:只愿每个日子里都有新的绽放,愿每一天都做最好的自己,珍惜每个陪伴在身边的人,与他们携手走入纯真的三月。
  三月你好!愿我们不因虚度年华而悔恨,不因碌碌无为而羞愧,只愿我们好好把握春天。

清 明

　　风暖芳香，春润清明。微微春风拂暖山野，阳光亲昵地铺满大地，舔绿杨柳枝头。树木抖了抖冬眠的疲惫，打了个呵欠，迸出周身的底气，把藏在枝条内的花蕾挤开。风儿飘着轻盈的身子，双手掀开罩在四野的外套。一时间，一个清明的世界来到人间：春来了！草绿了！花开了！世界美了！

呼伦贝尔

　　天之大，地之宽，芳草茵茵接蓝天；云飞卷，蓝天蓝，花香四溢醉草原；大西北，赛天堂，美女不愿嫁江南。从此胡杨生新枝，呼伦贝尔万人恋。——观女友刘静、白光鹏、闫丽梅等一行人去内蒙古呼伦贝尔大草原旅游有感。

半日闲

　　2022 年 8 月 25 日，与朋友在"半日闲"茶舍品茶随感：屋小何须大，花香不在多。恰在琼池边，逢君即盛开。难得半日闲，煮茶品人生。走出疲惫的死巷，快乐就在转角处。枣园大道沿河边，汩汩清泉流不断，世事家事说不完，都在"半日闲"！乐哉！欢哉！喜哉！幸哉！

心大爱大

　　爱，是伟大的！但，心，比爱更大！心有多大，爱就有多大，

散　文

心有多远，爱就有多远，心有多深，爱就有多深！我心有爱，爱在你，爱在深远，爱在牵挂、思念与期盼中……愿这发自心之深底的爱，像徐徐春风一样染绿你的心田，滋长出心底美丽的情谊之花，芳香了你我，芳香了世间，弥漫在茫茫人海中。

流金岁月

是谁抖落了一地繁华，带走了我时间里、空间中的许多思念？又是谁素手轻捻，叩响了我紧闭的心扉？那一海涟漪，碧波荡漾；那一天星斗，明珠闪亮。心海里、心田上，是曾经温暖的回忆。时间的齿轮依旧在不停转动，似水流年，用我手，写我口，写我过往生活中的点滴时光。

延安春景

春风拂面，阳光灿烂；杨柳依依，桃花嬉嬉；宝塔巍巍，天地悠悠；春明景和，风暖延河。

第二部

诗 歌

仿古体诗

回乡途中

路似弯弓车如箭,
彩蝶为我舞翩跹。
群山叠嶂水迢迢,
不遏归心到故园。

1988 年 4 月

道镇即景

洛水舞锦帛,
奇石卧山坡。
农家耘田忙,
嘉禾泛情歌。

1989 年 5 月

劝 友

劝君莫为失牛伤,
留得精神更韬量。
心宽便是一牧场,
来年群牛好农桑。

1988 年 5 月

山坳人家

朝闻鸡啼耘桑田,
晚送夕阳起炊烟。
疏篱曲径说红尘,
苦乐是凡亦是仙。

1989 年 4 月

清明节思亲

一年一节不复行,
定边途中逢清明。
千家万户祭扫忙,
何时回乡拜宗亲?

1989 年 4 月

送肥女

黄尘如烟山路险,
春播送肥到山巅。
如花少女驱驴车,
满载绿梦祈丰年。

1989 年 5 月

故友重逢有感

三载书信续友情，
一朝重逢倍感亲。
初识旧路慢慢行，
相思新诗款款吟。

1989 年春夏之交

中秋节致好友徐宏

三载异乡不畏难，
每忆徐君始觉寒。
当是对饮中秋酒，
独踏落叶望鸿雁。

1989 年 9 月

中秋夜

薄云漫笼中秋月,
万家灯火皓如雪。
遥闻邻里伴酒歌,
孤影随风踏落叶。

1989 年 9 月

遇佳偶

子身望断飞双燕,
百花缘我芳一瓣。
家亲屈指推吉日,
纲常轮回红尘畔。

1989 年初冬

春暖山乡

杏吐丹霞柳垂青,
彩蝶乱舞鸟和鸣。
踏春漫步画廊中,
触景生情赋诗情。

1989年春

金 秋

满川五谷叠金山,
遍地六蔬俱飘香。
农家仓满酒盏溢,
流汗积成流金年。

1989年秋

跃龙门

步步都有龙门拱,
门门都有鱼化龙。
天生偏信《三秦记》①,
乘风破浪跃龙门。

1990 年

【注释】①《三秦记》:东汉辛氏撰,里面有鲤跃龙门的故事。

夸志海

诗赠我的富县老乡、延安京延中学董事长高志海先生。

文来运昌志四海,
学高德馨创"京延"。
一路向前不畏惧,
教书育人树创举。

2005 年 6 月

感　怀

屈指离乡二十秋，始觉光阴逝如流。
夜夜梦里描月圆，岁岁烟云空悠悠。
一腔辛酸涌心头，两手无力慰乡愁。
不负七尺男儿身，逆风恶浪漂孤舟。

2011 年 3 月

送女友单车远行

清明遇春寒，凄凉遍山川。
未见枝头花，即送友行远。
千里路途险，忧怜单车难。
别意如抽丝，含情送孤雁。

2015 年 4 月

过安塞

炎炎骄阳云呈祥,驰车边塞心情畅。
秦时战车唐时舞,太平盛世歌飞扬。
安塞腰鼓震天吼,剪纸民歌文化乡。

2015 年 7 月

教师节

中秋临近云吉祥,
千树万树百果香。
世人都说丰年景,
百年树人永流芳。

2015 年 9 月

京城就医偶感

送去岁月数十秋,岁月赠我病不休。
京都名医除表疾,心患尚待心自酬。
滴滴药剂注入流,点点省我思回首。
从此不缘名利客,心似仙云荡悠悠。

2016 年 3 月

中秋夜思

游子久不还,异乡望月圆。
月到中秋明,人至中年难。
他乡秋风寒,独酌思家暖。
岁岁有中秋,归期知何年?

2016 年 9 月

北行之夜

夜色茫茫,寒风瑟瑟。
驰车高原,北行匆匆。
雄关漫道,隧洞深幽。
滚滚车轮,辗转时空。

2016 年 11 月

延西列车见闻

铁轨直穿越千山,车轮辗转四月天。
逶迤群山遮不住,翠绿绵绵染秦川。
夕阳西照天色暮,春色荡漾在心间。

2017 年 4 月

车过家乡

车过洛川到鄜州,
大河小溪惹乡愁。
故土难离家如旧,
儿时记忆缠心头。

2017 年 5 月

赏郑玉杰新作

(其一)

秋雨随意云雾消,
菊前灯下墨香飘。
醉卧园中花下客,
诗情不尽共逍遥。

2017 年 10 月

赏郑玉杰新作

(其二)

此景本是仙境画,
却在眼前展风华。
九万险途沧海渺,
不及画中一尘沙。

2018 年 3 月

赏郑玉杰新作

(其三)

墨海灵光五色开,
一花一叶非凡胎。
修到华严清净福,
有人三世梦如来。

2018 年 5 月

冬　晚

西风猎猎远山淡，
夜色朦胧路灯暗。
天地一色伴我行，
匆匆忙忙回家晚。

2018 年 12 月

清明扫墓有感

清明祭扫归故里，
柴门锁锈游子泣。
焚香一炷祭先祖，
思念托于长青篱。

2019 年 4 月

春 风

春抹红杏吐丹霞,
风梳绿柳垂青线。
踏春日暮不思归,
翻山越谷好华年。

2022 年孟春

初 冬

一夜寒风百草煞,
万木萧森鸟作哑。
休言冬时不盎然,
白衣仙女散雪花。

2022 年初冬

晚　学

都云三十不学艺，
我过半百读典籍。
一卷一抹夕阳红，
一吟一诵品秋意。

2022 年 10 月

赠孔令喜

诗赠陕西绿之源建筑工程有限公司董事长孔令喜先生。

出身高原志愈坚，勤学苦搏勇钻研。
十年寒窗磨利剑，事业有成兴筑建。
安得广厦千万间，百姓乐居似神仙。

2023 年 6 月

现代诗

散落的记忆

——谨以此献给我的一个朋友

有一个人

他在苦苦追求

熬过风雨

再经寒暑

从不回头

日月染白了他的双鬓

年轮刻下深深的皱纹

有一个人

他在忘我地追求

童年的成长

青春的遐想

朦胧的梦

他探索追求

在黄土地播下饱满的种子

西北风奏起信念的乐谣

有一个人

他在执着地追求

流年

怒的风潮

怨的海啸

哪怕人生是苦酒

也不辍追求

穷困潦倒中不失做人之刚直

愁思缠身中不减助人之热情

有一个人

他在拼命地追求

三更灯火

五更晨鸣

不减对经典诗书的求知欲望

他不息地追求

梦中也有憧憬的欢愉

在求索中编织未来的蓝图

有一个人

他在微笑着追求

哪怕数九裹寒流

燃烧的信念永不熄灭

人生沙漠中他甘做骆驼

载着梦想不回头

有一个人

他在永远追求

告别昨天

笑迎今朝

生命长河里永远有他拼搏的航帆

无悔岁月中延续着他闪光的热忱

有一个人

他在追求

常在追求……

1989 年夏

悲怆年华

悲凄命运
坎坷人生
欲跋涉诗书十万大山
踏一条小路通往山外
希望，终因辍学破灭
目送南来北往的雁
挣不脱羁绊青春的锁链
抬头仰望嵯峨的青山
座座都是燃烧的火焰
一汪山泉知道它的归宿
等待它的有河流、大海
我好似一朵流云
不问去向
一切随风

1989年9月

归 心

心急如焚
归心似箭
山径不解思乡难
飞车不及路蜿蜒
一人漂泊异乡
举家望穿秋水
村口相送桃花艳
归期已是数九寒

因为心里有长明的万家灯火
有深重的儿女情长
背井离乡只为一个华丽的转身
忍痛割爱只为一个庄严的承诺
春秋几度
人生几何
夙愿遥遥似求索
难平青春一腔愿

1989 年腊月

黄土地、黄土坡、黄风歌!

古老的黄土地
褶皱的黄土坡
父亲的镢头在这里拓荒
母亲的弯镰在这里收割
辛酸泪浇熟丰收果
黄土地奏起大风歌

干裂的黄土地
凄凉的黄土坡
高山、土峁、深沟壑
槐花、苦菜、糠窝窝
弯弯曲曲数不尽的小河哟
流淌着代代人求索的苦涩

纵横的黄土地
起伏的黄土坡
坎坷的羊肠道呵
辈辈艰辛苦跋涉
雨水冲刷不尽的泪痕哟
弯弯曲曲成起伏

一把镢头把东山的太阳轮到西山
炊烟袅袅处孕育了生机勃勃

古老的黄土地
英雄的黄土坡
昔日赤手缚苍龙
今朝扼腕把脉搏
雄壮的腰鼓震天吼哟
黄土地奏响黄风歌

光秃秃的山梁上筑起那郁郁葱葱的绿色长城
平展展的黄土坡上种满那沉甸甸的油豆荞麦
黄土儿女显身手哟
改天换地新日月
黄山黄坡披绿装哟
万山千沟涌油浪
机器隆隆震天吼哟
石油工人为国聚能源
千家万户奔富康哟
西北风狂吟着黄土儿女幸福的歌

2009 年 9 月

今夜，我为你守候

今夜，我为你守候

不知什么时候
刮起了风
在这漆黑的夜晚
我已习惯了寂寞
不在乎你懂不懂我沉默的守候
只知道想一个人是多么难熬
我执着地为你默默守候
却不知这份爱是否任你挥霍

不知什么时候
风静了
黎明悄悄掀开了漆黑的面罩
欣然露出了晨曦的笑脸
而孤独等待的心依然寂寞
我的心静静依靠在这个角落
细细聆听风儿吹过的声音
看是否收到你觉悟的音信
然而，在这漫长的夜晚

等到的却是我的心碎

不知什么时候
日子已经过了很久
还是在这孤独的夜晚
风起了，四周弥漫着爱的味道
风静了，心里又笼上了漆黑的失落
一颗痴情不改的心依然等待
明知这样的守候也许是无望
明知这份执着可能没有结果
可剪不断的牵挂却无情地缠绕心头
连这沉默的夜也能读懂我怦然跳动的思念

今夜，我等了你许久
让柔柔的暖风捎去我久久的期待
当明日太阳升起的时候
我的执着与等待能否和阳光同时照暖你的心房？
今夜，我为你执着

2011 年 5 月

今夜，我和你有个约定

今夜，月色很美
我和你有个约定
让宝塔之颠的灯为我们做证
不用海誓山盟
无须海枯石烂
从这一刻起
无论你走向何方
都带有我无尽的思念
虽然不能日夜相伴
但相思缠绵同样会令我们尽享温馨

今夜，我和你许下约定
人生之路坎坷迂回，雄关漫道
我们并肩相随，路虽远行必将至
爱的力量会支撑起你我胸中这伟大的幸福之梦
光阴荏苒，岁月如梭
如梦浮生已带走了我们半生流年
苍茫天宇中虽然看不到那为爱相望的牛郎织女
但鹊桥相会使我们感悟到爱的神圣

诗 歌

今夜，我和你许下约定
漫漫人生我们已走了许久
愿爱随我们一路相依相伴直到天涯云际
当晚霞烧红了天边
我们在月下热烈徜徉
让苦楚的思念和炽热的爱欲碰撞
让爱之光辉映那漫天繁星……

2012 年 1 月

打开你的心扉让我进来

带着美丽的笑容打开你的心扉
迈着优雅的步子走进你的视野
情愿一不小心掉进这温馨的心底
让芬芳与柔情缠绕在疲惫的身躯
躺在这里,让久违的心依偎歇息
尽情独享你成熟后的妩媚与激情
不论时光如何匆匆,也别带走这份深深的牵挂
愿生活真谛就在这美丽的心间永远停留
把名利地位当作过眼云烟
深知情爱深长更懂责任如山
不管苦楚往事如何在脑中纠结缠绵
只想枕在你胸口,让爱升华成浪漫的星光
走尽天涯海角才知道这里是美丽神圣的殿堂
真善美在这里构筑起圣洁的心灵爱巢
面对你的真诚,我小心翼翼唯恐失去
热泪盈眶用心拥抱给你最真情的温暖
别让半生艰难跋涉成为幸福的遗憾
打开你的心扉让我进来
只要爱情能地老天荒
情愿以身相许,幸福地酣醉在你的心头

2012 年 1 月

匆 匆

来匆匆,
去匆匆,
最叹相逢太匆匆!

昨匆匆,
今匆匆,
时不我待明匆匆!

你匆匆,
我匆匆,
人生无时不匆匆!

匆匆逢,
匆匆别,
只盼今生少匆匆!

日匆匆,
月匆匆,
岁月峥嵘年匆匆!

天匆匆,

流年

地匆匆,
光阴似箭皆匆匆!

老匆匆,
少匆匆,
人生路上步履匆匆!

分匆匆,
秒匆匆,
岁月催人急匆匆!
劝君珍惜匆匆时,
争分夺秒急匆匆!

2012 年 9 月

妈妈的心

将一颗熟透的柑橘
公平地分成八瓣
一瓣给了爷爷
一瓣给了奶奶
一瓣给了父亲
一瓣给了儿子
一瓣给了儿媳
一瓣给了女儿
一瓣给了孙子
一瓣给了孙女
只剩下
一张赤红的橘皮
据说橘皮是一味良药
而且，越陈越好
越陈越好

妈妈已经谢世多年
我每每捧起熟透了的柑橘
就想起妈妈的心
妈妈不能再世

流年

柑橘年年透红
橘瓣永远甘甜
甘甜永远

2013 年 9 月

导游李莉

导游李莉
有一双发现美的眼睛
她把脚印镶嵌在名山大川
匆匆身影遍布天涯海角
精彩的人生与日月天地同行
手擎小旗面朝太阳一路向前
串串脚印与弯弯曲径一起延伸
甜甜的歌声与滔滔海浪押韵合拍
双脚踏过春夏秋冬
汗水浸润天南地北
心中的执念像山花灿烂
扮靓每一位游客对山水的眷恋

导游李莉
有一颗大爱无边的心
无论刮风下雨日圆月缺
不管春夏秋冬酷暑骄阳
导游旗帜挥动着爱与温情
舞动着青春的活力
游轮上载着她执着的信念

流年

彩云间航行着爱的奉献
从北方雄浑的长城黄河
到南国秀丽的竹林水乡
从三皇五帝到黄钟大吕
导游李莉
把自己编成了一本百科书
诠释着人文
导游着自然

2014 年 12 月

分 手

匆匆相遇又匆匆分手
你我天各一方
日月无光、江海噙泪
天地瞬间黯然失色
往事不堪回首
心中纠结难解刻骨深思

人生之道曲折迂回
遇见你犹如昙花一现
来不及细细观赏最好的真与美
一抹夕阳让昨天变成永久回忆
刚牵暖的手突然失去
曾经澎湃的热血顷刻结冰

都说人生有爱有缘
我却与你在爱与缘的尽头分手
都说有情人终成眷属
我与你却恰似棒打的鸳鸯两分离

分手吧，别管昨天如何情意缠绵、海誓山盟

流年

分手吧，别管今天如何酸楚如何难以割舍如何不能自已
分手吧，打开心结
分手吧，走出心伤
尽管此刻我仍在犹豫、仍在彷徨、仍在徘徊、仍在疼痛
分手吧，我若离去，愿你幸福

2015 年 2 月

走出"爱牢"

一腔愁绪,满目萧瑟
流年逝去,真爱永存
带泪的思念随风飘起
飘荡在茫茫情海
徘徊了许久许久

漆黑的夜
一架沉默了万年的琴
奏响酸楚的曲子
山,听见了
地,听见了
天,听见了

王母架起了鹊桥
禁锢爱的坚冰
融化成汩汩春潮
三百六十四个难耐"爱牢"
终于在这一刻决堤
这一刻啊
用泪感悟,用心铭记,用爱撑起

流年

这一刻啊
迟迟地来到，短短地停留，匆匆地走远
这一刻啊
何年何月才是尽头

七夕夜，晚霞含羞
上苍感动泪盈天河
浩浩天庭没了天神，没了王母
茫茫宇宙敞开心扉，浮起爱桥
七夕夜，繁星闪烁点亮了天幕
一对情侣用生命宣读着爱情宣言
七夕夜，天宇充满了悲凄与怜悯
人间充满了感动与期待
七夕夜，爱神的真谛弥漫寰宇
爱情的精神激励着人间的痴情男女
七夕夜，我们默默祈祷
牛郎，织女，愿你们走出"爱牢"

2015 年 3 月

春 雪

弱小身躯肩负伟大使命
披着寒冷的外衣
携着温暖大地的种子
从遥远天宇翩翩而至
赶在万物复苏之前
给春天打一个前站
让洁白如玉的身躯
化身雨雪滋润大地肌肤
柔情孕育自然万物的心灵
唤醒一个欣欣向荣的春天

2017 年 3 月

合肥：放飞梦想的地方

——写给在合肥创业的周延锋等朋友

无论经历了怎样的坎坷与失败
无论创造了怎样的业绩与辉煌
我们依然要向更高更远的目标奋斗
因为我们比别人更需要财富和幸福
走进合肥
走进铺满金子的土地
我们就会拥有更多的财富
因为
合肥，有逐鹿者的竞技场
合肥，有放飞梦想的天空
合肥，有聚集创业志士的能量
他们正在用心挖掘
散落在大地的金子

来吧，朋友
只要你热爱这个世界
只要你敢于实现自我价值
你就勇敢地来这里掘金

2018 年 6 月

三色高原

黄

亘古的黄土地
山套着山
川连着川
一副褶皱纵横的面孔
因为贫血而发黄
黄得发焦
在山上拓荒的爷爷
把自己当成种子
埋进了大山
在河边守望的奶奶
把自己当成甘霖
融入了河流
于是陕北
男人站起就是大山
女人躺下就是河流
山可以老
但不会倒下
水可结冰

但不会断流
山水间升腾着袅袅炊烟
从远古直到今天

红

草木可以共享阳光
鸟儿可以共享蓝天
而人
未必能共享土地
庄稼汉离粮食最远
生命的版图上
饥饿粉碎了自由、平等与尊严
点不起油灯的窑洞里
燃起的烈焰
狂飙般席卷高原
父亲拿锄头的手举起了枪杆
母亲拿针线的手绣出了红旗
"宁愿人头挂高杆,也要闹共产"
这是父母的呼喊
也正是这一声呼喊
给家乡喊出了一个血红的代名词
——圣地

绿

大风刮过山还站着

白云飘过河还流着

爷爷奶奶扎根的土地是黄色的

黄得像他们的肌肤

父亲母亲革命的土地是红色的

红得似他们的血液

而今

我们守业的土地该如何调色?

无需历史的拷问

以对生命的虔诚

捍卫大自然的定律:

人之命脉在田

田之命脉在水

水之命脉在山

山之命脉在土

土之命脉在林草

唯有草木容华滋硕

才有人类文明昌盛

绿色追梦人的担当———

还原世界本来的绿

2020 年 7 月

尘 埃

我是一粒飘浮的尘埃
在茫茫寰宇中飘浮了千载万年
怀揣着寻求安身之处的希冀
辗转在天涯海角南北大地
穿越于风雨雷电
经历着爱恨离别
惯看荣华富贵喜怒哀乐
遍尝酸辣苦甜人间沧桑
却依然读不懂天与地的真谛

我是一粒无家可归的尘埃
飘荡在悠悠深远的茫茫天海
朝披晨曦晚依彩霞
生活在滚滚红尘里
却时常无奈地仰望着漫天星空
飞越了五代十国隋唐春秋
却只能在有家的幸福憧憬中梦游
江山如此多娇
竟与我失之分毫

我是一粒无依无靠的尘埃
狂风卷起我纤瘦的身躯疯狂呼啸
暴雨打碎我弱小的骨架散落满地
烈日烧灼下我浑身肌肉疼痛难耐
寒雪凶猛地吞噬我欲将我化为乌有
我凄苦地游荡在茫茫天宇
淹没埋葬于冰天雪地
沉睡千年亦无法摆脱颠覆的命运
心怀大爱真善怎奈无处落脚生根

我是一粒寻寻觅觅的尘埃
与日月经天看云卷云舒花开花落
伴江河行地听春去春来年始日复
曾见牛郎织女鹊桥难分泪洒天河
目睹白娘子雷峰塔下钟情一世的凄苦
更可叹那金玉奴痛泣棒打薄情郎
王宝钏寒窑等爱十八春秋
怒发冲冠问苍穹
人间情欢纠缠聚散
这哭那笑究竟为哪般

我是一粒不幸的尘埃
有幸降临在这个广阔无垠的世界
苦其心志经受了九千九百九十一难
劳其筋骨修行了数不尽的岁岁年年

终成正果负命化身尘埃弥漫天地

弱小身躯苦苦支撑起一个个伟大的生命

千年等待万年苦守痴情期盼

依然逃不出我是一粒尘埃的命运

默默地打开心扉迎着命运的节拍

我就做那一粒与天地共守的尘埃

了结那前缘注定的今世

相守着与日月天地同在的尘埃落定

2014年9月

这一年，我们匆匆走过

这一年我们匆匆走过

艰辛与幸福同行

拼搏与收获相伴

孜孜求索中 365 天一晃而过

这一年，我们艰难走过

晨曦中满怀希望出行

夜幕下带着疲惫而归

日复一日中把坎坷踏在脚下

新一年我们将豪迈地走过

满腔热情敲响新年的钟声

美好憧憬中孕育着来年的希望

让欢乐与幸福伴我们一路前行

2021 年 1 月

念屈原

手捧裹满祈祷的粽子

遥望屈子远去的魂灵

追寻圣贤当年艰难而倔强的步履

重温那句激人奋进的心声

路漫漫其修远兮

吾将上下而求索

——可叹端午遗恨已随汨罗江而去

荡然浩气常留奋斗志士心间

手捧粽子默念大师不归灵魂

谨记遗志愿效拳拳报国热忱

2021年6月

晚　归

早出匆匆急

晚归唯恐迟

生活不易何止我一人

晨伴曦阳

晚观华灯

人间何止酸辣苦甜

2021 年 7 月

如果有来生

如果有来生
愿驾着彩云追赶落日,去寻找天堂里美丽的梦
如果有来生
愿把宇宙的霞光变成美丽祝福洒向苍生
如果有来生
情愿做牛做马,也要把最丰硕的果实送给大家
如果有来生
我还愿牵着你的手,历尽悲欢也不说后悔
如果有来生
我和王母娘娘一起搭鹊桥,让真爱不再遥远
如果有来生
你不一定是你,但我一定还是我
我还当我母亲的儿子、妻子的老公、子女的父亲
因为我知道那是我生活的全部内容
如果有来生
我还将和那些与我一路寻找人生美好的朋友们一起
继续追求人世间的最真、最美、最善
如果有来生
我一定要把前世想说没说的、想做没做的、想恨没恨的、
想爱没爱的

诗　歌

都说了、都做了、都恨了、都爱了
——如果有来生
你还认识我吗?

2021 年 10 月

寒风中的叶子

我已不再是春天的我
不再在春光里绽放
不再用热血滋养花儿竞芳
只为扮靓美好的世界
我也不再是夏天的绿荫
在骄阳中燃烧自己
只为行人撑起一片清爽的阴凉
我更不再是金秋的骄子
我完成了培育果实的使命
当你摘下大红果子的时候
我正随风离去
化作泥土
来年再护花育果
当然,也可能与你邂逅

2022 年深秋

小 桥

与水相依,
愿为人桥。
心盈大善,
爱意满满。
世界喧嚣,
小桥幽静。
看流年似水,
送岁月蹉跎。
四季往复匆匆过,
小桥风景独好。
无论世事如何变迁,
小桥流水绵长如故。

2022 年 12 月

后记

　　漫漫人生路，需不断求索。我用这本书，追忆流金岁月。

　　回首走过的路程，我把自己前半生的诗文进行了整理、修改。这本《急景流年》，汇集了我三十多年的部分作品，有散文，有诗歌，体现我追梦的足迹。

　　这里，我先要说一说鞭策我"出书"的谷培生老师。2022年3月中旬，原陕西广播电视台《视界观》杂志执行总编谷培生老师从西安回延安，李树刚贤弟领着他来我们君林上苑小区购买了一套房子，做"谷雨书屋"。因此，我有缘结识了谷培生老师。其实，早在2010年春，我就知道了谷老师的大名。当时，他作为主编主持《三秦都市报·陕北特刊》的工作，在他的领导、培养、熏陶下，《陕北特刊》走出了三四十个媒体人，光我认识的就有史向宏、李树刚、王红红、张玲、杜海强、乔海燕、李延琴等。那时，我在延安东方明珠大厦负责中国新闻视线网延安频道，谈笑有记者，往来多文人。说起谷老师为人，他们异口同声地说谷老师为人耿直、做事认真、治学严谨——未见其面，已知其人，心生敬仰。

谷老师出版过《国防知识十讲》《崇拜山水》《崇尚自然》《崇敬人生》《安塞剪纸和农民画》《赵匡胤耍钱场》《做事，做事——一位改革者的实践经历》等 12 本著作，编著过《中国人民解放军原工程兵建筑第 204 团纪念集》《横山寄阁寺村谷氏族谱》等 5 本印刷品。当他得知我爱好文学并时有散文、诗歌在报纸杂志上发表后，对我青睐有加，我与谷老师也因此结为朋友。他看了我的一些作品后，大加赞赏与鼓励，建议我整理旧作，再创新作，整理成集，付梓出版。他用自己 2019 年给马彦斌《野山诗词》作序的题目鼓励我："唯有著述留其名。"正是在他的鼓励、指导、帮助、推动下，我才把梦寐以求的夙愿付诸行动。谷老师不仅给本书作序，还修改书稿八稿。

我虽年过半百，但坚持学习、不懈努力、见贤思齐，以期不负此生。《急景流年》的出版，是我的一次学习，一次努力。

此书稿在整理、修改、编辑的过程中，得到了李彦文先生、刘静女士、袁茂林老师、张玉虎同志、董侠同志、南江长同志、白凤女士及许多朋友的帮助和支持，在此表示感谢，并向他们致以崇高的敬意。

因本人水平有限，加之俗事缠身，书中疏漏在所难免，望亲朋好友及所有读者批评指正，不吝赐教。

南征
2023 年 6 月 11 日